U0882993

爱心永年

湖南省文艺创作扶助基金会十年巡礼

管群华 编著

湖南美术出版社
长沙

【版权所有，请勿翻印、转载】

图书在版编目（CIP）数据

爱心永年 : 湖南省文艺创作扶助基金会十年巡礼 / 管群华编著 . -- 长沙 : 湖南美术出版社 , 2023.11
ISBN 978-7-5746-0068-3

Ⅰ . ①爱… Ⅱ . ①管… Ⅲ . ①文艺创作－工作概况－湖南 Ⅳ . ① I209.964

中国国家版本馆CIP数据核字(2023)第019080号

爱心永年：湖南省文艺创作扶助基金会十年巡礼

AIXIN YONGNIAN：HUNAN SHENG WENYI CHUANGZUO FUZHU JIJINHUI SHI NIAN XUNLI

出 版 人：黄　啸
编　　著：管群华
责任编辑：邹方斌
责任校对：王玉蓉
装帧设计：造書房
版式设计：彭　莹
出版发行：湖南美术出版社
（长沙市东二环一段622号）
经　　销：湖南省新华书店
印　　刷：长沙超悦印刷有限公司
开　　本：889mm × 1194mm　1/16
印　　张：21.25
版　　次：2023年11月第1版
印　　次：2023年11月第1次印刷
定　　价：228.00元

销售咨询：0731-84787105　邮编：410016
电子邮箱：market@arts- press.com
如有倒装、破损、少页等印装质量问题，请与印刷厂联系斢换。
联系电话：0731-85951311

这十年，我们做了什么

谭仲池

由我倡议，并联合省内一些知名企业家、银行家和文艺家发起，经湖南省民政厅批准，湖南省文艺创作扶助基金会于2010年正式成立。受我委托，管群华主持负责基金会的日常工作。10多年来，在省文联党组的指导、支持和全体理事、监事的共同努力下，基金会遵循本会章程和宗旨，为我省文艺事业的繁荣和发展做了一些实实在在的工作，产生了很好的社会反响。

一、不忘初心，积极为文艺创作扶助基金会募集资金

基金会成立之初，因募集的原始资金没有达到400万元公募基金会的金额要求，所以主管部门只批准成立非公募基金会。于是，我们齐心协力在更大范围内积极募集基金，想方设法尽快将非公募基金会变更为公募基金会。通过一年多的不懈努力，基金规模达到了1000万元。2011年5月，湖南省民政厅正式批准基金会为公募基金会，基金的募集为扶助我省文艺创作打下了良好基础。

二、牢记使命，尽心尽力扶助文艺精品力作的创作

为了鼓励创作优秀文艺作品，打造精品力作，培养文艺人才，促进湖南文艺事业的繁荣和发展，从2012年起，湖南省文艺创作扶助基金会正式启动扶助项目。

10年来，共扶助文艺创作项目178项，总扶助金额达841万元。其中扶助中青年文艺家培训、深造、出精品力作68项，81人，占38%，资助展览演出35项，占20%，资助老文艺家总结艺术人生75项，占42%。

扶助赵双午大型原创杂技剧《梦之旅》的演出，引起较大反响。扶助伍彦谚舞蹈《梅山谣》的演出，具有原创性。扶助卢雨“中华文明历史题材美术创作工程”的项目获好评。扶助周卫星从艺36周年专场汇报演出，在我省曲艺界获赞誉。扶助邹华春大型现代渔鼓《我的爹娘》在祁东巡回演出30多场，受到称赞。该剧赴云南西双版纳等地演出，场场爆满，产生了轰动效应。扶助邬建美创作大幅湘绣《复兴之梦》，打造湘绣品牌，获中国文联表彰。

三、与时俱进，促进一批文艺新人茁壮成长

12岁的徐凯玉是文艺新苗，她家经济条件比较困难，基金会领导知道后，专程赶赴慈利县为她送去学习用品，并出资扶助她去北京学习二胡。2013年中国音协在河南郑州举办二胡比赛，她不负众望，获“小金钟”奖第二届全国少儿二胡比赛（业余组）少年组银奖。

张蓉女士是一位年轻的小学教师，酷爱儿童诗，但家庭经济拮据，是基金会的资助圆了她的作家梦。她创作的儿童诗《会唱歌的树叶》深受中小学生的喜爱。

蔡霞是湖南艺术职业学院国家一级演奏员，曾举办国内首场大筒专场音乐会，并多次受邀赴英、美等国演出，是一位很有潜力的演奏员，资助她录制出版的DVD《月圆同庆·蔡霞师生大筒音乐会》很受学生欢迎。

危婉是一位年轻优秀的编导，她组织创作的歌舞诗《舞乐潇湘》用歌、舞、乐的表现形式对湖南的自然、人文景观和风俗民情进行赞美与歌颂，是一部集思想性、艺术性于一体的好剧目。资助《舞乐潇湘》的演出，极大地鼓舞了年轻艺术家的创作激情。

江晖系株洲市音乐家协会副主席，20多年来已在国内刊物上发表歌曲90多首，在央视及地方媒体演播300多首，其中有100多首歌曲、舞蹈音乐作品获得省级以上比赛奖励。资助他去北京高等院校进修，为他以后的创作增添了强劲动力。

出资 19 万元扶助湖南省戏剧家协会选送江喻旺等 19 名学员到中央戏剧学院学习，这些年轻人返湘后已成为我省戏剧界的新生力量。

凡资助过的中青年文艺人才，创作水平都有较大提高，有的已成为本专业的带头人。

四、雪中送炭，资助知名文艺家和有困难的老文艺家总结艺术人生

尹晓星、刘振球、邬朝祝、王金星、管兰桂、胡光凡、萧育轩、杨炳南、龙长吟、胡良桂、魏景舒、范正明、刘镇钰、伍振超、胡静怡、黄士元、谭士珍、周健明、陈羲明、谭谈、周安礼、舟挥帆、李长廷、向本贵、张步真、王超尘、王友智、柯桐枝、张青渠、刘广文、胡立伟、杨天解、黎晓阳、李沥青、胡英等 70 多位文艺家都得到基金会的扶助。在庆祝中国共产党百年华诞之际，基金会拿出 40 万元支持大型交响音乐组歌《心中的颂歌》的排练、演出，产生了很好的社会反响。扶助百岁老人李沥青出版《李沥青文学作品选》，反响极大。省文艺创作扶助基金会牢记本会宗旨，鼓励创作优秀文艺作品，打造精品力作，培养文艺人才，资助有困难的老文艺家们总结艺术人生，为湖南文化艺术事业的繁荣和发展作出了积极的贡献，受到社会各界的点赞。

五、乐于奉献，日常工作规范科学、管理有序

基金会成立以来，我们起草制定了基金会章程，设计了会徽，提出了机构设置的建议，制定了扶助工作实施办法，包括申报、阅评、初评、终评、理事会通过等一系列科学评审程序。从启动评审到每一个项目的落实，工作量之大，烦琐事之多，不胜枚举，但我们的志愿者都满腔热情、义务服务。我们深知，基金会募集的钱来之不易，必须将每一分钱都用在扶助工作上。我们凭着崇高的价值观、文化理想、艺术坚守和奉献精神，把基金会管理得井井有条；凭着强烈的社会责任感、影响力和自觉行为，动员更多的社会资源开展公益文化艺术事业。

六、积极作为，想方设法为基金理财保值增值

基金会成立之初，规模没达到公募要求，我和管群华、谢群等同志想方设法找有关单位、企业伸出援手，如中国华星实业集团董事长谢永健向基金会捐赠50万元，湖南湘绣城集团有限公司董事长曾应明向基金会捐赠30万元。在基金筹措方面，长沙市各区、县作出了重要贡献。

10 多年来，管群华、谢群等同志四处活动，先后通过省财信信托、高新创投、长沙银行等单位获取理财收益达 500 多万元，为基金的保值、增值，为扶助文艺创作作出了积极的贡献。

七、物尽其用，为 180 余家图书馆（室）捐赠图书 80 多万元

湖南省文艺创作扶助基金会成立 10 多年来，资助出版专著 90 多部。每出版一部著作除作者需要外，基金会都留存了一部分。为了使这些图书发挥更大的作用，我们将这些资助出版的图书赠送湖南省、市、县图书馆和各大学图书馆以及省文联文艺惠民基地等共 180 多家单位，赠书 2 万多册，价值 80 多万元。

文以载道，以文化人，以艺通心，培根铸魂。虽点滴扶助，却饱含深情。凝望前程，不负使命，共同携手，永葆青春。愿基金会乘势而上，越来越兴旺，为新时代湖南的文艺事业作出更大的贡献。

（作者系湖南省政协原副主席、湖南省文联原主席、湖南省文艺创作扶助基金会第一届理事会理事长）

2022 年 10 月

目录

2012

2012 年湖南省文艺创作扶助基金会扶助项目

《美的领悟与思考——胡光凡文坛耕耘60年自选集》

胡光凡

《美的领悟与思考——胡光凡文坛耕耘60年自选集》上、下两册，共60多万字。这部书以马克思主义文艺观、审美观为指导，紧密联系实际，通过多年来对湖湘文化的研究，对杰出作家周立波和其他著名湘籍作家的研究，以及关于当代文艺创作、文艺思潮和文化时尚的观察和批评，在丰富的审美实践经验的基础上，多视角、多层面地探讨了艺术美的创造、鉴赏和传播问题，体现了作者关于美和美的规律问题的思辨、领悟和解析。全部论著和作品具有鲜明的时代色彩、丰富的文化思想内涵、浓郁的地域特色和重要的文献价值。

该书由湖南大学出版社出版、发行。

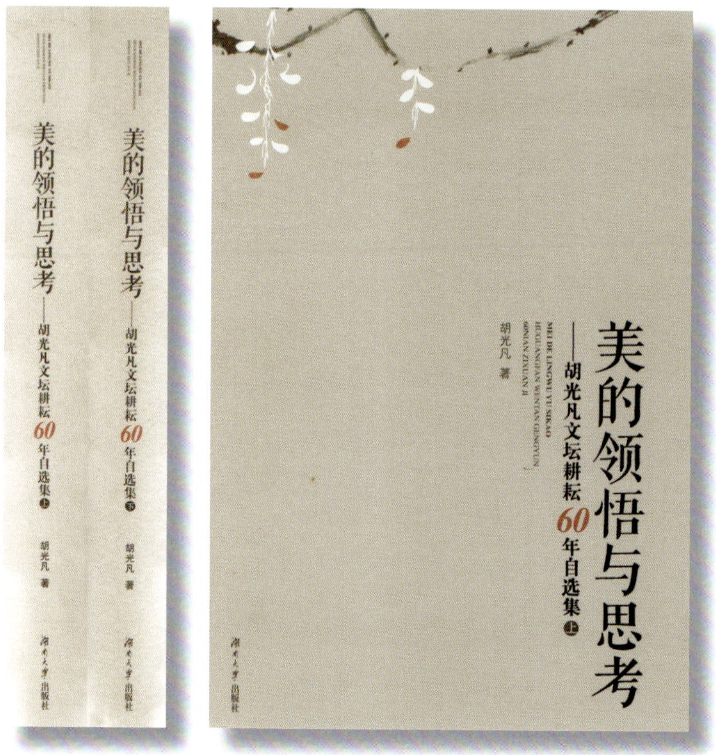

作者简介

胡光凡，男，1931年9月出生，湖南益阳人。湖南省社会科学院研究员，历任文学研究所所长、院学术委员会委员等职。多年从事文艺理论批评和中国现当代文学研究。1950年开始发表作品。发表、出版论著400多万字，主编、合编论文集、鉴赏辞典等12部。研究成果和作品在省内外多次获奖，其中专著代表作《周立波评传》获湖南省首届社会科学优秀成果二等奖。因在社会科学方面作出突出贡献而享受国务院政府特殊津贴。胡光凡系中国作家协会会员，曾任湖南省文联委员，省社科联委员，省文学学会副会长，省作协理事，省视协常务理事，省文艺评论家协会名誉主席，中国新文学学会和中国解放区文学研究会理事，湖南省湖湘文化交流协会副会长、学术顾问，毛泽东文学院特邀客座教授。2009年中国文联向他颁发从事新中国文艺工作60周年荣誉证书和纪念章。

《爱，种在世界屋脊上》

萧育轩

《爱，种在世界屋脊上》共30万字，是老作家萧育轩的中篇小说集，共收录了《爱，种在世界屋脊上》《小巷深处酒旗风》《伴伴老了》《安魂曲》四部中篇小说。作者对每一篇小说都倾注了大量的心血，叙事语言质朴、温情感人。

该书由湖南文艺出版社出版、发行。

作者简介

萧育轩（1937—2012），男，湖南涟源人，中国作家协会会员，曾任湖南省作家协会副主席。著有长篇小说《乱世少年》《山水依依》《三怪客》，短篇小说《迎冰曲》《客从西方来》《战冰冻》等。部分作品译有英、日文版本，并入选《中国新文学大系》。《乱世少年》获全国首届优秀儿童文学长篇小说奖、全国优秀少儿读物二等奖。

《龙的传说与地域文化——“短尾龙”型传说的形成、流播及价值》

巫瑞书

《龙的传说与地域文化——“短尾龙”型传说的形成、流播及价值》共 32.7 万字，从多方面、多视角对“龙为何物”进行了探源，对龙的传说、流播进行了科学的分析，对龙的“审美价值”“历史价值”“民俗价值”及“宗教学意义”进行了深入探讨和研究。中国是崇拜龙的国度，中国文化源远流长，这本书的出版，对国人了解、认识龙具有积极的意义。

该书由湖南师范大学出版社出版、发行。

作者简介

巫瑞书，男，汉族，1933年9月出生。湖南师范大学文学院教授。1959年北京师范大学民间文学研究生毕业，师从我国民俗学、民间文艺学泰斗钟敬文教授。从20世纪50年代开始，先后在文学、民间文学、民俗学、民族学、文化学诸领域辛勤学习、坚毅探索。获“全国先进工作者”称号及中国民间文学集成贡献奖。参与撰写了《中国民间故事集成：湖南卷》；参与主编了《民间文学导论》，获教育部“高校优秀教材一等奖”；著有《荆湘民间文学与楚文化》《澧州孟姜女传说与湖湘文化》（两书均获中国文联等单位颁发的“民间文艺山花奖”、学术著作二等奖）、《南方传统节日与楚文化》《文艺湘军百家文库·巫瑞书卷》等多部著作。

《邬朝祝童话寓言故事选》

邬朝祝

《邬朝祝童话寓言故事选》一套共 9 本。《石子小粒粒》《小木轮出游》《虎子儿狼》《孩王小黑熊》《绿乡之歌》《外星猫传奇》《滴水世界》《鸡叫岩》《古泉国的故事》，147 则故事，100 来万字。该套书把幻想建立在生活的基础上，构成一个既来自生活，又比生活更鲜明、更美丽、更透明的童话意境。作者以和谐的笔调、浓郁的儿童情趣、性格鲜明的艺术形象，赢得了广大读者的欢迎，特别是小朋友的喜爱。

该书由湖南少年儿童出版社出版、发行。

作者简介

邬朝祝，男，1923 年 9 月出生于湖南新化。中共党员、第五届湖南省政协委员、中国作协会员、中国民协会员。曾任湖南省作协理事和第一届湖南省民协副主席、湖湘文化交流协会学术顾问。先后在资江农民报、湖南日报、文艺生活报等报刊社做编辑工作 40 年，并担任过《小天使报》特约编委，《小溪流》副主编、特约编审。一直从事文学创作，发表过童话、寓言、故事 170 多篇，出书 20 种。《湖南文学史》有专章介绍他的创作，中国作协和中国文联分别向他颁发从事新中国文学创作、文艺工作 60 周年荣誉证书、纪念章。

《赵海洲人物散文选》

赵海洲

《赵海洲人物散文选》共 16.5 万字。作者以终生不知疲倦的脚步体验其笔下人物的人生征途，用他的头脑来感悟笔下人物的心路历程，用心描写了中国式的百态人生。从平凡而怪诞的异人到可巧夺天工的匠人，从推动社会更新的伟人到领一时风骚的名人，36 位不同经历的人物一一呈现在广大读者面前，让人领略到中国多面的社会人生，给人以启示和收获。

该书由湖南文艺出版社出版、发行。

作者简介

赵海洲，笔名宇文浩然，男，1927年生，湖南邵阳人。中国作协会员，历任教师、记者、编辑组长、湖南省文联文学干事会代组长、《湘江文学》编委、《楚风》副主编、中国散文诗研究会理事等。7岁随秀才父亲学写旧诗，17岁发表作品。以后于文学海洋遨游60余年，涉足民间文学、报告文学、散文、散文诗、传记等领域，尤以散文见长而蜚声文坛。曾于上海少儿社、天津百花文艺社、湖南文艺社等出版社出版《皇帝山庄避暑记》《潇湘游踪》《水仙花开》《山·海·湖》《销魂在丝路》《生命的延伸》《文艺湘军百家文库·赵海洲卷》《漂泊的浪花》《老人与少女》《匡互生传》等11部散文、游记、散文诗集、传记等。其中散文《水仙花开》被人民大学函授学院、河北大学选作辅导教材，并有多篇作品被选入各种选集和获得全国及省、市的文艺评奖。作品曾引起著名作家臧克家、著名学者彭燕郊等人的关注，并获得峻青、石英、丁芒、刘虔、黄汉生等人的好评。传略编入《中国作家大辞典》《中国作家300言》等70多部辞典，并被编入省级史书《湖南文学史》等。

《别让鱼得水》

杨振文

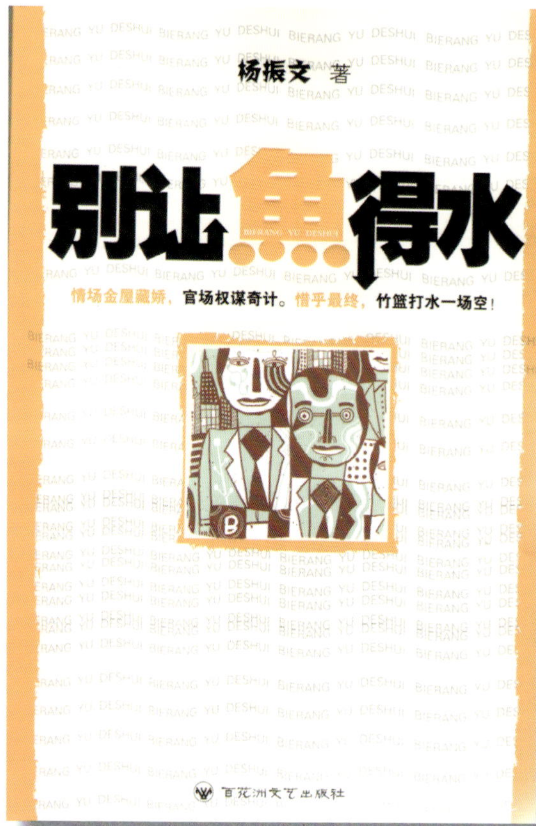

《别让鱼得水》是一部都市情感小说，描写大一女生碧晓波为减轻家里经济负担，暑假留城打工，不幸遭到见利忘义的老板暗算，让她去做不该由女孩子做的事。危急中，她幸得工商局岳果成局长解救。因碧晓波聪明貌美善良，岳果成心生好感。开始，他只是怜香惜玉，资助她学费，为她排忧解难。后在惯于见风使舵的部下米勉的极力鼓动下，他愿意以非常优厚的条件包养碧晓波，直到她大学毕业找到理想的工作。碧晓波经过多日的痛苦思考，终于答应了岳果成的要求。岳果成春风得意。官场上，他即将得到提拔重用；情场上，他金屋藏娇，有了红颜知已。但乐极生悲，岳果成怎么也想不到，在最关键的时候米勉竟对他反戈一击。这一击，可谓灭顶之灾，不但升迁未成，现有的官位也动摇了。更可悲的是，妻子变成了植物人。天真、善良、无辜的碧晓波，也鸡飞蛋打……

该书由百花洲文艺出版社出版、发行。

作者简介

杨振文，男，1939 年 11 月出生，湖南湘乡人。1964 年毕业于湖南师范学院中文系，1980 年加入中国作家协会。已出版中篇小说《芬芬为什么愿意剃光头》《大树、二雀和三条腿的机器人》《探病奇遇》，小说集《试婚》《文艺湘军百家文库·杨振文卷》《杨振文作品选》等。其中中篇小说《芬芬为什么愿意剃光头》再版重印 7 次，发行 30 多万册。在《人民文学》发表的小说《福大接亲》被北京语言学院选作教材，编入《文学阅读》中，供外国留学生使用，并译成英文，入选《中国当代文学后毛泽东时期的小说与诗》一书，在北美出版。

《交响诗〈长岛人歌〉》

刘振球

大型交响乐作品交响诗《长岛人歌》参加首届“中国交响乐之春”，于北京国家大剧院首演，获得巨大成功。后又应邀赴台湾演出，受到台湾同胞一致好评。2012年《长岛人歌》获中共湖南省委、省政府颁发的“第一届湖南文学艺术奖”。全曲分四个段落，分别展现母亲河——湘江的源远流长、暴烈刚毅、柔和温馨、开阔绚丽四种不同的性格，从而抒发了对在这一历史长河中孕育出的千古英雄豪杰及辛勤耕耘的朴实湘民的深深敬意。

该书由湖南电子音像出版社出版、发行。

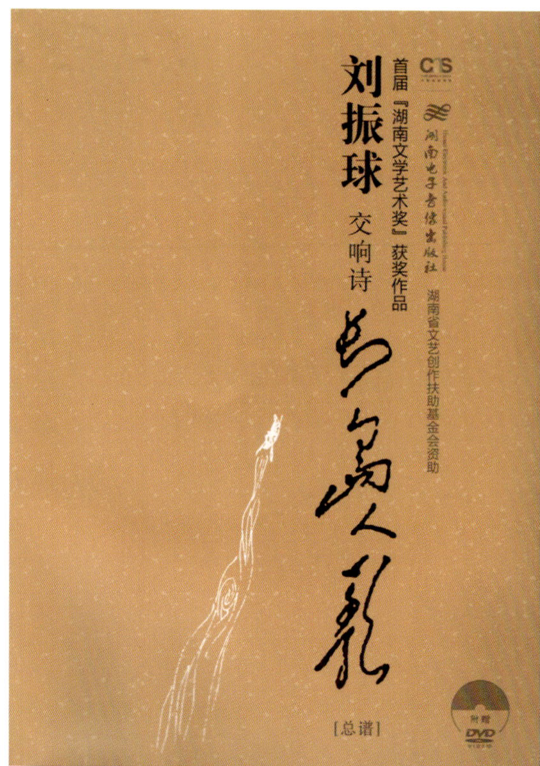

作者简介

刘振球，男，1940 年出生于湖南湘潭。1960 年考入中央音乐学院，一级作曲，曾获中国音乐研究所授予的“中国音乐名人”和“湖南省优秀中青年专家”称号，获国务院政府特殊津贴。中国音协创作委员会委员、湖南省音协顾问、湖南省民族管弦乐会会长，历任湖南省音协副主席等职。从 20 世纪 70 年代中期起，一直从事歌剧、舞剧、歌舞、交响乐及电影、电视剧等音乐创作。代表作有歌剧《深宫欲海》《公寓·13》《现在的年轻人》《从前有座山》《安重根》《巫山神女》《四毛英雄传》《沥沥太阳雨》，舞剧《边城》(任艺术顾问)，舞剧《古汉伊人》(合作)，电影音乐《刘少奇的 44 天》《毛泽东在 1925》，歌曲《莫说山歌不是歌》《山乡小渡船》等。担任第 21 届国际木偶节获金奖的大型皮影剧《人狼共舞》的音乐创作。其创作的作品先后四次荣获单项“文华作曲奖”，电影音乐荣获广电部颁发的中国电影华表奖优秀电影音乐奖及中国电影金鸡奖最佳音乐奖提名等。

《尹晓星选集》

尹晓星

《尹晓星选集》共五卷七部，这部242万字的巨著是尹晓星前半个世纪的创作与艺术人生的一个小结。入选的两部大中型歌剧音乐《相亲亭》《赖宁》，与电视剧《湘中剑》《山河通大道》《小小蒲公英》等背景音乐和主题歌都是在全国或全省获过大奖、出版过的作品。入选的四部声乐套曲、舞蹈音乐都获过奖，在中央电视台播出过、在人民日报出版社出版过。入选的歌曲或获奖或选为中国民族声乐教材、全国统编小学教材的独唱、合唱、齐唱、重唱歌曲达300多首，入选的音乐评论有200多篇。入选《序跋卷》中的作品是尹晓星为全国各个省（市）作曲家、词作家作品专著、论文专著所撰写的序言与跋文。这是尹晓星献给广大读者的精神食粮和艺术大餐，相信会给广大音乐工作者带来美的享受。

该书由湖南文艺出版社出版、发行。

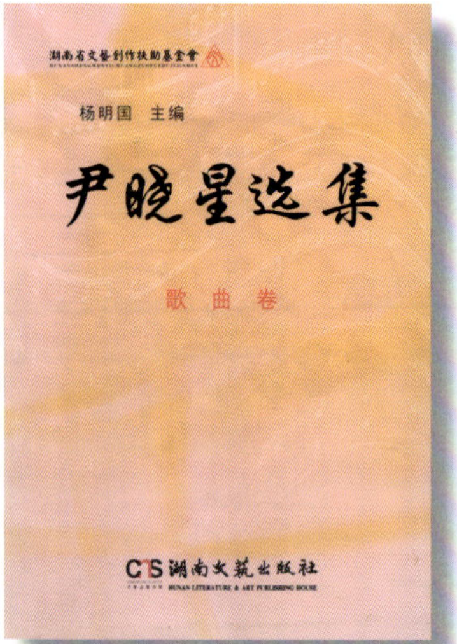

作者简介

尹晓星，男，1947年生，湖南邵阳人。中共党员，一级作曲，音乐评论家。系《音乐教育与创作》主编，中国少数民族音乐学会常委，湖南省音乐家协会原副主席，曾多次立功受奖并获得先进工作者荣誉称号。1992年被评为“发展我国文化艺术事业做出突出贡献”的艺术家，终生享受国务院政府特殊津贴。2000年被评为湖南省德艺双馨中青年文艺家，2006年被评为全国少儿音乐、舞蹈素质教育优秀工作者，出席全国艺术教师表彰大会，在北京人民大会堂受到党和国家领导人的接见并合影留念。

扶助管兰桂国画作品展

2012年12月15日上午，由湖南省文联、省文艺创作扶助基金会主办，省美术家协会、衡阳市文联、中共祁东县委、县人民政府承办的“管兰桂国画作品展”在毛泽东文学院隆重开幕。展览主办、承办单位领导和嘉宾，省会美术界、文艺界、新闻界人士200多人出席开幕式并观看展览。

本次展览共展出120幅国画作品。在美术创作上，管兰桂主攻画梅，被誉为“梅魂”的管锄非大师的传人。因醉心画梅，他也被人们称为“梅痴”。他笔下的白梅，铁骨冰魂，奇逸纵横，格调清奇；红梅则高古雄奇，气韵丰满，灼灼如火。参加作品研讨会的有省会著名美术家及评论家20余人，李蒲星教授高度评价了这次展览。

管兰桂简介

管兰桂，男，湖南祁东人，1961年毕业于湖北艺术学院美术系。现为湖南省美术家协会会员、湖南省版画家协会会员、湖南省摄影家协会会员，祁东县美术家协会常务副主席。其在绘画、摄影、剪纸、书法、篆刻诸领域均有较深造诣。自1958年至今，在国家、省、市级报刊发表或展出作品8000多件。其中《姑嫂摘黄花》等3件作品参加首届中国民族民间大剪纸赛并被收藏，2005年被授予"湖南剪纸贡献奖"荣誉称号。其美术作品《小饲养员》《阳光·大树·幼苗》获湖南省美术作品展览二等奖，摄影《田园曲》入选中国共产党成立七十周年全省摄影展。1987、1992年先后两次受到文化部、广电部等国家部委的表彰。《中国青年报》《工人日报》《中国经济时报》《湖南日报》和湖南卫视等多家媒体对其进行过专题报道。

《跨世纪美术家丛书——王金星作品集》

王金星

王金星在美术创作实践中努力钻研中国画传统技法，认真创新，探讨“笔墨当随时代”。他深入生活，师法自然，力求风格个性化，热忱歌颂祖国之大好河山。曾有《人勤春早》《毛田新貌》《愚公移山》《洞庭雨》《荷塘秋雾》《新林晨曲》《山谷春晓》《万山红遍》《更喜岷山千里雪》等作品分别参加全国或国外展出。有的作品曾为国务院、中南海、毛主席纪念堂、中央军委大楼及国家级博物馆、图书馆、美术馆收藏陈列。多幅作品曾作为国礼参加国际文化交流。1991 年应文化部邀请，参加中国文学、艺术家代表团，随同国家主席出访日本，以庆祝中日邦交 20 周年。该团旅日半月之久，与东山魁夷等日本画家多次交流，收获很大。创作的《山谷春晓》被国务院中南海紫光阁收藏，发表于《中南海紫光阁藏画》画册；《万山红遍》《更喜岷山千里雪》被毛主席纪念堂收藏，发表于《中外名人颂扬毛泽东》（中国社科文献出版社出版）并和《〈更喜岷山千里雪〉的创作过程》一文被评为国学金奖。

该书由中国美术出版社出版、发行。

作者简介

王金星，男，1942 年生于湖南省隆回县，1965 年毕业于湖南师范学院美术系。现为湖南省美术家协会名誉副主席、湖南文史研究馆书画组组长、湖南省老年书画家协会副会长、湖南省湖湘文化交流协会顾问、中国美术家协会会员、中国书法家协会会员，一级美术师，曾任湖南省美术家协会副主席兼秘书长。

《口述湖南美术史 1949~2009》

马建成

《口述湖南美术史 1949~2009》共 60 余万字。马建成作为编著者，历经三年多时间，采访了 200 多名历史当事人，并搜集了大量珍贵的历史图像，向我们传达了朴实而生动的文化信息。它填补了湖南美术史写作的空白——特别是湖南地方美术口述史的空白，为今后湖南美术史的研究性写作奠立了基础。

该书由湖南美术出版社出版、发行。

作者简介

马建成，男，1962 年出生于湖南长沙，辽宁沈阳人。现为湖南省设计艺术家协会副主席兼秘书长、湖南省油画学会副主席兼秘书长。1997 年被中国文联评为“中国画坛百杰”，2002 年被评为湖南省德艺双馨中青年艺术家，2004 年被评为湖南省宣传系统“三创一争”先进个人。其艺术创作被收入《中国艺术年鉴》《中国现代艺术史》和《中国美术家协会会员辞典》。

扶助徐凯玉参加二胡培训

扶助12岁小学生徐凯玉参加二胡培训。该项目已完成。湖南省文艺创作扶助基金会资助5万元送她去北京培训深造，该生通过培训，技艺大进。2013年10月，中国音协在河南郑州举行二胡比赛，徐凯玉不负众望，获得“小金钟”奖第二届全国少儿二胡比赛（业余组）少年组银奖。

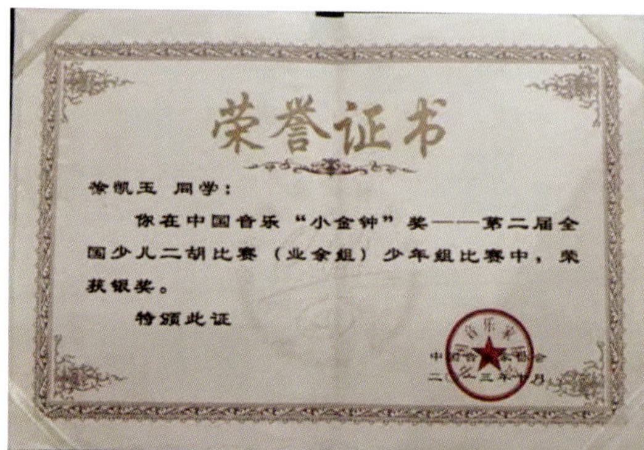

荣誉证书

徐凯玉 同学：

你在中国音乐“小金钟”奖——第二届全国少儿二胡比赛（业余组）少年组比赛中，荣获银奖。

特颁此证

湖南省文联领导管群华、黎晓阳为徐凯玉送去学习及生活用品。

徐凯玉简介

徐凯玉，女，1999 年出生，湖南慈利县人。从小热爱二胡，并取得较好成绩。

2013 年，荣获湖南省“湘力电力 · 小海杯”二胡独奏比赛少儿一组一等奖。

2013 年，荣获中国音协“小金钟”奖第二届全国少儿二胡比赛（业余组）少年组银奖。

2015 年，荣获湖南省“湘力电力杯”二胡独奏比赛少年二组一等奖。

2016 年，荣获“洞庭杯”首届湖南省千人二胡大赛少年 B 组金奖。

2017 年，考入湖南师范大学，2021 年毕业，获学士学位。

《古韵新声——龙洞镇文艺丛书·诗联集》

贺显曾

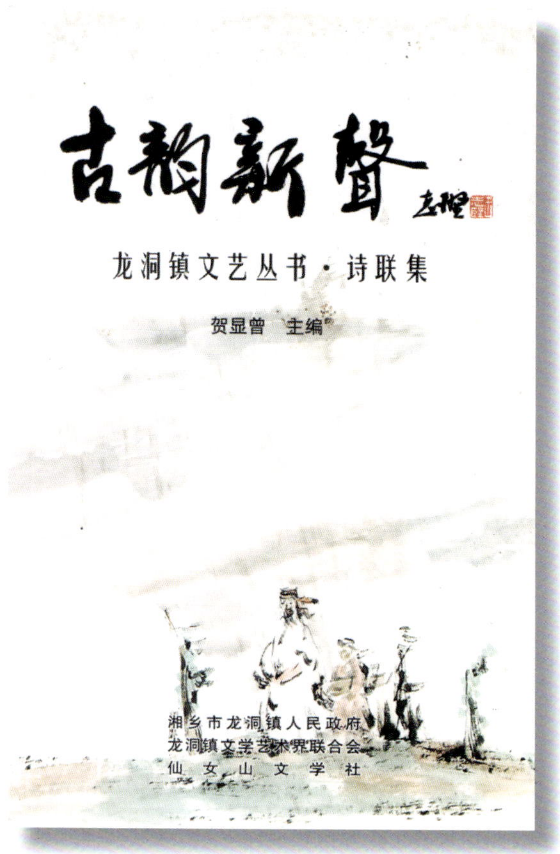

湘乡龙洞镇，一块藏龙卧虎的风水宝地，文化、教育发达，人才辈出。据说，早在元明清时期，每逢清明节，着官服回乡扫墓祭祖者络绎不绝，为此，谷阳塅贺氏祠堂门前建有四十八座（起落）轿台和一百零八个拴马桩。现代，新中国十员开国大将就有陈赓、谭政两位诞生于此。这里孕育了何集生、孙仁、沈春农、沈谷南、“杨门七雄”、谭天民、唐本钦、何海清、贺霞轩、谭襄云、贺南纲、田伯刚、谭日峰、张默君、沈祖显、彭蕴辉、章敬和、贺澄清等数不胜数的军政界、文教界、科技界先烈先贤。

《古韵新声——龙洞镇文艺丛书·诗联集》一书收录了100余位当地诗人创作的诗联，具有浓郁的地方文化特色。

作者简介

贺显曾，男，1946 年生，为国家“七五”重点科研项目“民间文学三套集成”整理资料 10 余万字。有故事、小小说等作品在《文学故事报》《农民日报》等十多家报刊上发表；主编仙女山文学社 20 周年社员作品选《山花荟萃》；长期义务主编内部文学期刊《仙女山》。曾荣获湖南省计生委、计生协先进工作者称号，其家被评为湖南省“十佳书香家庭”。事迹被湘乡、湘潭地方电视台多次报道，并录制专题片。央视第二、七频道，湖南广播电视台都市频道、湖南卫视《晚间新闻》《湖南新闻联播》和《湖南人口报》《湖南文化报》《老年人》《金融经济》《湖南日报》《中华新闻报》《农民日报》《光明日报》等媒体对其均有报道。2002 年，其事迹入编湘乡市《道德教育读本》。

2013

2013 年湖南省文艺创作扶助基金会扶助项目

《潇湘梅》

梅季坤

作者梅季坤以史家眼光、传统文化学者底蕴、作家良知和资深编审的严谨，70岁后连续奋笔五年所著的《潇湘梅》，以上宁乡梅氏家族变迁为主线，展现历史变迁中的风云际会，犹如一部民族生活秘史。该书将湖湘文化融入稻作文化，质朴民俗融合率真民风，极具特色的上宁乡方言借此得以抢救性保存。

该书由岳麓书社出版、发行。

作者简介

梅季坤，男，1939 年 10 月出生于湖南宁乡。小时候就跟父亲去田地劳作。1961 年毕业于中山大学中文系，任文学辅导员。后调入岳麓书社，历任文学室主任、社务委员、编审，获得过中国图书奖及全国古籍整理图书奖。兼任南京师范大学古文献研究所研究员、湖南省古汉语研究会副会长和中国训诂学研究会常务理事。合作主编并参与撰写了《文白对照十三经》《文白对照诸子集成》《中华史画卷》《世界史画卷》。个人出版有《古代学者百人传》《学海探微》等著作，点校、注译的古籍众多。

《中国歌剧与歌剧表演》

徐竞存

《中国歌剧与歌剧表演》近 100 万字，表现的是作者对歌剧艺术的痴迷、眷恋及一生从事歌剧表演的教学与研究。该著作述说了中国歌剧的渊源与形成、中外歌剧的比较与分类、歌剧的表演艺术，也汇集了一批歌剧名段精品，是一部难得的歌剧教材。其独特的历史性和资料性是对源远流长的中国音乐、舞蹈与戏剧艺术的传承和保护。

该书由湖南人民出版社出版、发行。

作者简介

徐竞存，女，1938年出生，湖南省艺术研究院一级演员。1961年于湖南师范学院毕业后应征入伍，任广州军区政治部战士歌舞团演员。1969年转业到湖南省群众艺术馆、省剧目工作室、省艺术研究所工作。曾在《红霞》《刘胡兰》《红鹰》《朝阳沟》《洪湖赤卫队》等歌剧中担任主演或其他角色。著有《跟我学唱歌·通俗唱法卷》《通俗唱法名师指点》《演戏常识》《戏曲声乐教程》等。曾荣获中央电视台“园丁奖”。

《花海观潮》

陶立

《花海观潮》收录了作者在不同历史时期发表的一些经典之作，记录了作者深浅不一的足迹，从中可以窥见作者对人类、对社会、对生活的认识和感知。

该书由湖南人民出版社出版、发行。

作者简介

青年陶立

陶立，原名镇海、小平，曾用名肖平，男，1933年农历六月初八出生，湖南长沙人。湖南省民间文艺家协会原副主席兼秘书长，副研究员职称。14岁起习艺，长期坚持新闻与业余文艺写作，在中央及省级以上报刊发表过的文章近百万字，作品曾获全军文艺创作二、三等奖，并有作品被翻译、传播到国外。

《祁东曲艺 · 文学卷》

陈云飞

祁东县是目前我省唯一的一个中国曲艺之乡。祁东渔鼓闻名遐迩，多次获得全国大奖，并走向世界。这套曲艺教材是陈云飞、张安国创作的经验总结、节目精选，对后人学习传承祁东曲艺很有启发和帮助。

《祁东曲艺 · 文学卷》曲艺教材由湖南人民出版社出版、发行。

作者简介

陈云飞，男，1950年出生，湖南祁东人。中国曲艺家协会会员，祁东县文联副主席，著名曲艺作家，2012年被选入湖南省文艺人才扶持“三百工程”文艺家人才库。

陈云飞是祁东曲艺创作代表人物之一，通过近20年努力，带领祁东渔鼓走向繁荣，并为祁东成功争创“中国曲艺之乡”作出了贡献。陈云飞16岁开始从事戏剧曲艺等文学创作，发表各种作品计420余万字，获各级奖项89次。其中，小品《赌妻》获中共湖南省委宣传部创作一等奖，小品《顽固到底》获全国曲艺征文优秀作品金奖，单口渔鼓《大爱千秋》获全国曲艺擂台赛创作一等奖，渔鼓小演唱《考新郎》获第二届湖南省曲艺大赛创作一等奖。2008年，湖南省曲艺家协会刊发《陈云飞作品专辑》。2010年，专著《渔鼓声声唱祁东》由北京华文出版社出版、发行。

《会唱歌的树叶》

张蓉

张蓉是一位小学老师，酷爱儿童诗。诗集《会唱歌的树叶》睿智幽默、童趣横生，在思维主线上的变幻组合，产生了富有浪漫色彩的诗情画意，使普普通通的文字在新的语言情境中焕发出异样的光彩。

全书分五辑，共103首诗。

第一辑，“飞翔的童心”选编26首诗。

第二辑，“岩缝里探出春天的耳朵”选编20首诗。

第三辑，“炊烟飘着山村的梦”选编20首诗。

第四辑，“农家院的蓝月亮”选编19首诗。

第五辑，“校园内的笑声落成花瓣雨”选编18首诗。

附录编有5篇读张蓉诗的评论文章。

《会唱歌的树叶》由湖南人民出版社出版、发行。

作者简介

张蓉，本名张群力，女，1982 年 8 月生，湖南邵阳人，现居广州。中国儿童文学研究会会员，邵阳市作家协会会员。致力于儿童诗歌创作，诗作发表于《诗刊》《儿童文学》《绿洲》《语文报》《少年科普报》《小溪流》《西北军事文学》《湖南日报》等多家报刊。

《魏猛克作品集》

魏猛克

魏猛克先生是湖南省文联第一届主任委员。《魏猛克作品集》收集了目前能找到的魏猛克先生的大部分作品。这部作品集比较真切地反映了魏猛克先生的奋斗轨迹，以及左翼文艺界的一些史事。从这些作品中，我们不仅能看到魏猛克先生对党对祖国和人民的深情热爱，对文艺事业的满怀忠诚，对艺术创作的执着追求，同时也能真切地看到他心地的无尘与情感的血色，更让我们真切地感受到他沉重而凄美的人生放射出的艺术生命火焰（谭仲池语）。

该书由湖南人民出版社出版、发行。

作者简介

魏猛克（1911—1984），男，湖南长沙人。现代作家、美术家，左联成员，湖南师范学院教授，曾任湖南省文联主席和文化局局长、湖南美术学会理事长和湖南省外国文学研究会顾问等职。

《杨炳南书法集》

杨炳南

本书收录作者楷、行、篆、隶、草五体书法百来幅，都是作者精选之作。作品直承古风，且有着鲜明的个人烙印，线条凝练劲健，书风苍辣雄浑。作品形式各异，斗方、横幅、中堂、对联、扇面皆备，具有很高的艺术水准。

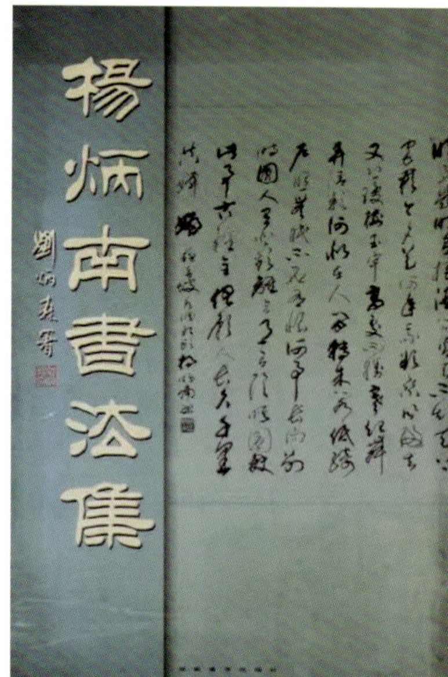

作者简介

杨炳南，1934 年生，湖南桃源人。1949 年参加中国人民解放军，1981 年转业到地方工作。离休前曾任湖南美术出版社副社长、湖南新闻图片社社长。系中国书协会员，湖南省书协顾问，湖南省文史研究馆馆员。先后出版过《杨炳南书法选集》《杨炳南草书千字文》《杨炳南草书〈桃花源记〉〈岳阳楼记〉》《杨炳南墨迹》等多种著作，并多次在北京、长沙、天津、深圳、台北、曼谷等地举办个人书法展。《中国当代书画家大辞典》《中国当代书法家辞典》等多种辞书均有介绍。

《诗书合璧》

曾石滨　杨智明

《诗书合璧》是曾石滨的诗词和杨智明的书法相结合的著作。

曾石滨的诗词给人的感觉是朴实清新、贴近生活、语言生动、情真意切。他写诗完全是来自自己的灵感和对现实生活的细心观察与切身体验，具有极强的真实感和人文情怀，达到“我写我心，我抒我怀”的诗意情境。

杨智明的书法则是另一番景致神韵，楷书端庄严谨、刚劲有力，具有欧柳风骨；行书行笔流畅、洒脱隽永，给人一种赏心悦目、心旷神怡的感觉。

该书由汕头大学出版社出版、发行。

作者简介

曾石滨，男，1933 年生，广东龙川县人。湖南省文联机关党委原书记兼副秘书长。系中国作家协会会员、中华诗词学会会员、湖南省书法家协会理事。其诗词作品先后录入一百多部大型诗词专集，并获得“中华诗词一级作家”称号。出版有《野草闲花》《曾石滨诗词书法选》《曾石滨书法艺术欣赏》等著作。

杨智明，字乃宾，男，1933 年 3 月生，湖南长沙人。大学学历，高级电气工程师。湖南省书法家协会会员，湖南省直书画家协会会员，湖南艺术家书画院副院长，湖南省名人书画馆馆员，并受聘为湖南国画馆、湖南省收藏协会的书法家和书法评委。作品广泛流传国内外，并被多家文物单位收藏。为长沙天心公园、长沙贾谊故居以及炎陵县炎帝陵等单位书写牌坊和碑文石刻。出版有《杨智明书法集》和《杨智明书法引导》。

《富农》

赵有强

《富农》是中国第一本富农摄影调查书。什么是“富农”？农民身份，从事农业生产或与其紧密相关的产业，年收入在5万元至20万元，生活富裕，精神富有。这本摄影集拍摄并简介了数十位具有一定生产规模并获得较好经济效益，被作者称为“富农”的人。“富农——赵有强纪实摄影作品展”参加第九届中国摄影艺术节，得到广泛好评。

该书由中国摄影出版社出版、发行。

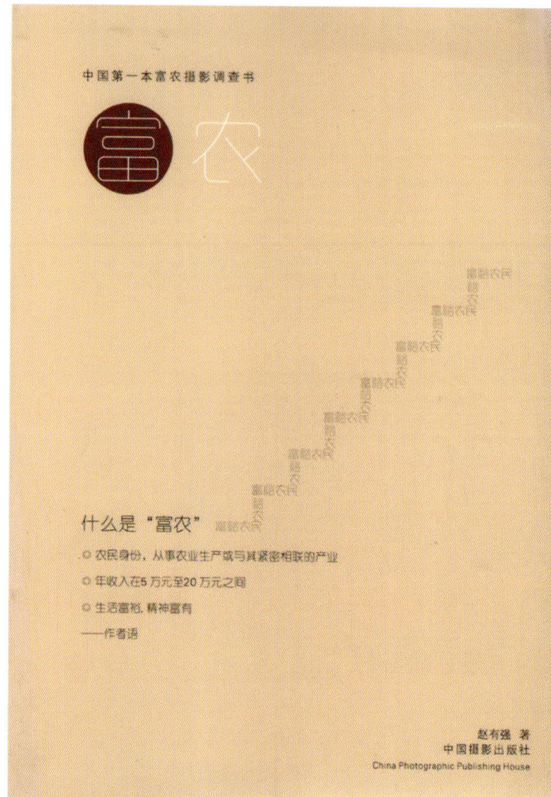

作者简介

赵有强，男，主任记者，中国摄影家协会会员，湖南省新闻摄影学会理事。从事新闻记者工作以来，新闻作品获奖达 60 多次，其中有 4 次获得湖南省好新闻一等奖，2 次获全国市州报新闻作品金奖。出版有《赵有强新闻摄影作品》《采访高层纪实》，被中国艺术摄影学会等单位授予“中国优秀摄影家”荣誉称号。

《岁月追忆——李永安摄影之旅四十年》

李永安

李永安长期从事摄影工作，早年在部队，作为战地记者，曾冒着生命危险，深入前沿阵地拍摄对越自卫反击战的重大题材。《攻克谅山》《攻战奇穷河大桥》曾获全国、全军新闻摄影金奖和一等奖。

李永安转业到湖南省文联后，长期在省摄协工作，组织并参与了许多摄影活动，拍摄了很多好作品。该书是他 40 年摄影工作的总结，内有很多难得一见的珍贵照片。

该书由湖南人民出版社出版、发行。

作者简介

李永安，男，1949 年 12 月生，大学中文系毕业，国家一级摄影师。系中国摄影家协会第二、三、四、五届理事，广东省文联、湖南省文联委员，湖南省摄影家协会常务副主席兼秘书长。早年在部队工作，曾深入前沿阵地拍摄反映对越自卫反击战的《攻克谅山》，获 1977—1980 年全国优秀摄影作品金奖、1976—1981 年全国新闻摄影作品展览银奖及其他多项全国大奖。《攻占奇穷河大桥》获全国新闻摄影展一等奖。受到邓小平等中央领导的称赞。荣立一等战功，被立为全国摄影新闻界标兵。出席全国第四次文代会。中央电视台曾多次采访报道。1996 年荣获中国摄协“突出贡献”荣誉杯，1997 年获中国摄协“德艺双馨”摄影家称号，2006 年获“中国摄影突出贡献者”荣誉称号。

《洞庭情怀——良纬博物园七语集》

李良伟 李启明

李良伟收集了大量文学艺术作品及知名文艺家的留言题词等。这些留言、题词记载了历史，留住了美好。他花大量精力创办了良纬博物园，将这些物件在园中展出，来参观者络绎不绝。博物园为文艺工作者提供了交流学习的场所，也赢得了社会各界的好评。

《洞庭情怀——良纬博物园七语集》就是由大量文学艺术作品及知名文艺界人士的赠言、题词等归纳整理集成。

该书由湖南人民出版社出版、发行。

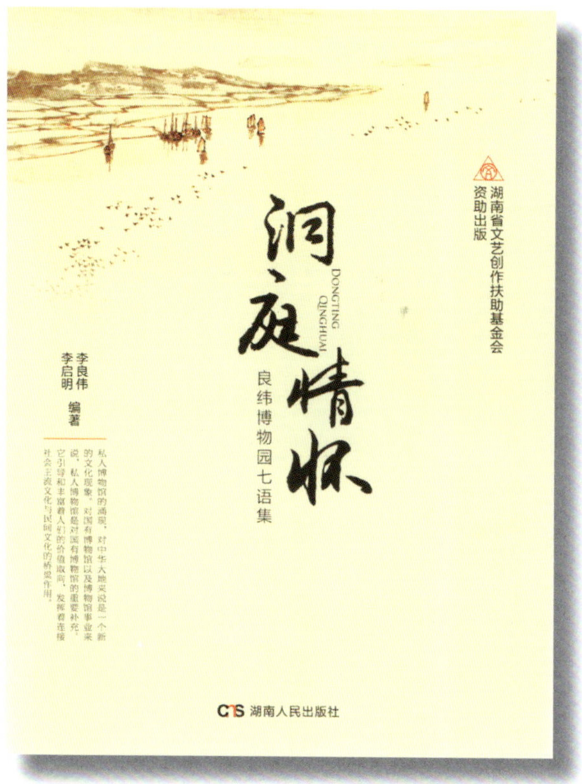

作者简介

李良伟，曾用忍生等笔名，男，湖南岳阳君山广兴洲人。中共党员，在职博士研究生学历，编辑职称。中华诗词学会会员，中国企业文化研究会理事，湖南省诗词协会会员，湖南省企（事）业文联理事，岳阳市文联第二、三、四届委员，岳阳市企(事)业文联原主席。出席过湖南省文代会、中国文联组联工作先进经验交流会。曾任“洞庭诗社”兼职专干、社常委，《洞庭诗苑》报责任编辑，担任过《洞庭湖》杂志等十几种报刊的主编，策划过很多在全国有影响的大型文化活动。编著有《诗友》《从延安文艺座谈会上走出的作家》《花花世界》等十多部图书。2005 年开始建设“良纬博物园”，广泛传播洞庭湖文化与国学礼仪。

《水城印象》文学丛书

华子等 12 人

沅江市文联策划的《水城印象》文学丛书共 12 本，包括散文、小说、诗歌、美术等艺术门类。由沅江本地有发展潜力的中青年作家和省内外有影响的作家所创作，是一套具有浓郁湖湘风格，反映洞庭风情、水城风韵的大型文学丛书。

该丛书由文化艺术出版社出版、发行。

作者简介

曹建华（左图），又称华子，女，中国作家协会会员，湖南省文联委员，湖南省文艺评论家协会会员，湖南省美术家协会会员，益阳市美术家协会中国画艺委会副主任，沅江市文联原主席。主要作品有长篇小说《浮在城市》《天风里的舞蹈》，散文集《心灵之约》《洞庭之南》等。获省级以上奖励 50 余次。作品入选多种选本，其中《向往蔾蒿》入选中学语文辅导教材。

刘喜良，男，《潮涌洞庭》一书作者。

钟浩如，男，《湖风弄琴》一书作者。

邓珊，女，《田园里的轻吟浅唱》一书作者。

（其他作者略）

《月圆同庆·蔡霞师生大筒音乐会》

蔡霞

《月圆同庆·蔡霞师生大筒音乐会》演出曲目：1. 和调（齐奏）；2. 反十字调（独奏）；3. 湖乡情（独奏）；4. 你待同志亲如一家（重奏）；5. 潇湘花鼓、洗菜心（独奏）；6. 我定要让铁牛奔驰在田头（独奏）；7. 月圆同庆（独奏）；8. 嫂子调（独奏）；9. 湘中往事（大筒与管乐队）；10. 过江调（大筒与演唱）；11. 瓜子红（特邀嘉宾齐奏）。

该 DVD 由龙音制作有限公司、新汇集团上海音像有限公司出版、发行。

作者简介

蔡霞，女，国家一级演奏员，湖南艺术职业学院音乐学院副院长。系全国妇代会代表，湖南省政协委员，湖南省文联委员，农工党中央文化体育工作委员会副主任，农工党湖南省委常委，中国音协民族弓弦乐学会理事，中国戏剧家协会会员，中国民族管弦乐学会胡琴专业委员会理事，湖南省文艺志愿者协会副主席，湖南省音协大筒学会会长、二胡学会副会长，湖南省花鼓戏艺术研究会副会长，南昌航空大学硕士研究生导师与客座教授，湖南农业大学兼职教授，湖南艺术评委库专家，“金钟奖”湖南赛区等专业大赛评委。

蔡霞开创了湖南文艺工作者在国家大剧院举办个人独奏音乐会的先河，多次受邀走进中国音乐学院等十多所高校举办教学专题讲座。曾获 2016“金胡琴奖”胡琴小型作品展演优秀演奏奖、湖南省精神文明建设“五个一工程”奖、湖南省职业教育省级教学成果奖、湖南艺术节金奖、湖南省“魅力湘女”总冠军等荣誉奖项。

大型歌舞诗《舞乐潇湘》

危婉

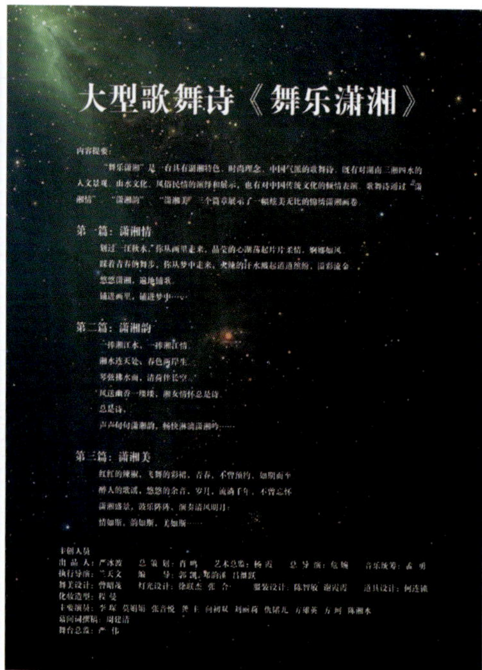

大型歌舞诗《舞乐潇湘》用歌、舞、乐的表现形式对湖南的自然景观、人文景观和风俗民情进行赞美与歌颂，并采用现代的审美理念对湖南传统的歌、舞、乐进行大胆的创新和改编，是一部思想性和艺术性相统一的好剧目。资助《舞乐潇湘》的演出，极大地鼓舞了年轻文艺家的创作激情。

作者简介

危婉，女，国家二级导演。毕业于北京舞蹈学院编导系。现任职于湖南省歌舞剧院有限责任公司艺术创作部。入选湖南省文艺人才扶持“三百工程”文艺家人才库，为湖南省舞蹈家协会理事。

其创作的留守儿童题材的舞蹈《空巢的孩子》获第七届全国舞蹈比赛文华舞蹈节目创作奖二等奖，湖南省“五个一工程”奖；少儿舞蹈《苗儿》及《吃粉》获“小荷风采”全国少儿舞蹈展演“小荷之星”和“小荷园丁”奖、全国中小学生艺术展演二等奖及优秀指导奖；指导创作的街舞《星火》获第十一届“小荷风采”全国少儿舞蹈展演“小荷之星”奖以及湖南赛区金荷奖；指导的少儿舞蹈《田园曲》获 2019—2020 年长沙市中小学校园文化艺术节展演活动舞蹈类小学组一等奖；指导的少儿舞蹈《美好“食”光》获长沙市岳麓区中小学生艺术展演特等奖、长沙市中小学生艺术展演一等奖、全国未成年人网络春晚二等奖。

中华文明历史题材美术创作工程·32 号选题

卢雨

秦颂·武·统一中国

作者简介

卢雨，男，中南大学教授、研究生导师，中南大学建筑与艺术学院第二届教授委员会副主任、第三届教授委员会主任，中南大学当代东方艺术研究中心主任，民盟中南大学校本部委员会副主委。国家艺术基金评审专家、国家社科基金评审专家、教育部学位中心评审专家。中国美术家协会会员，湖南省文联委员，湖南省艺术专家委员会委员，湖南省美术家协会理事，湖南省美术家协会版画艺术委员会副主任。2019 年荣获首批“长沙市文艺名家工作室”领衔艺术名家称号，被评为民盟湖南省委优秀盟员，2020 年负责成立了民盟中央美术院湖南分院。在历史题材美术创作与研究领域先后承担了 6 项国家级和 4 项省级重大题材美术创作工程项目。60 余件作品入选全国和省级美术作品展览。中国国家博物馆收藏 1 件，长期展陈；中国美术馆收藏 2 件；中国国家画院收藏 1 件；浙江美术馆、四川美术馆、湖南美术馆等收藏 10 余件。荣获湖南省美术作品大展金奖 1 项、银奖 5 项、优秀作品奖 10 余项。出版专著 2 部，先后发表学术论文 10 余篇。

扶助张安祥赴现代工笔画院研修班进修

右图是张安祥赴现代工笔画院研修班进修创作的作品。通过进修，他从一个农民、业余美术爱好者成功转变为专业美术人才，并加入了专业的国家级协会，成为中国美术家协会会员。

张安祥简介

张安祥，男，湖南郴州人，中国美术家协会会员，郴州壹书画院院长。2013 年受湖南省文艺创作扶助基金会资助赴北京现代工笔画院研修班学习深造，创作水平突飞猛进，有多幅工笔、水粉画入选中国美术家协会主办的全国美术大展，并从一个农民、业余美术爱好者成功转变为专业美术人才，加入了专业的国家级协会，成为中国美术家协会会员。

张安祥历年入选中国美术家协会主办的全国美术大展作品一览：

1.2011 年 3 月，水粉画作品《乡村集市图》入选 2010“民族百花奖”中国各民族美术作品展。

2.2011 年 12 月，水粉画作品《科技下乡》入选第四届全国青年美术作品展。

3.2014 年 6 月，工笔画作品《古道深深》入选“精致立场”全国第二届现代工笔画大展。

4.2014 年 11 月，工笔画作品《石板路上》入选“中国陶都 陶醉中国”吴冠中艺术馆第二届全国中国画作品展。

5.2015 年 5 月，工笔画作品《状元及第》入选纪念扬州建城 2500 周年——“丹青扬州”全国中国画作品展。

6.2016 年 6 月，水粉画作品《武林大会》入选“庆祝中国共产党成立 95 周年全国美术作品展”。

7.2016 年 7 月，工笔画作品《金榜题名》入选“2016 年全国中国画作品展”。

扶助刘朝阳研发虎钮錞于

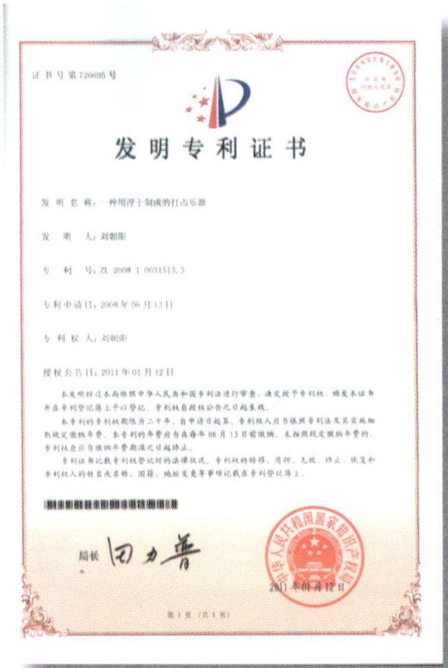

发明专利证书

局长 田力普

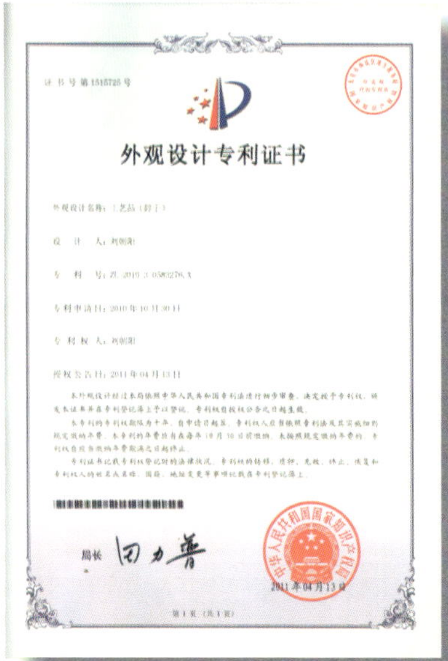

外观设计专利证书

局长 田力普

2004 年，在湖南省文联和省音乐家协会的支持下，石门县文联主席刘朝阳开始了对虎钮錞于的研发。

錞于作为珍贵的历史文物，在中国国家博物馆、中国人民革命军事博物馆、湖南博物院都有收藏和展示。刘朝阳研发用錞于制成乐器，并将錞于乐舞推上了舞台。此研发先后于 2008 年、2010 年荣获国家知识产权局颁发的发明专利和外观设计专利。

刘朝阳简介

刘朝阳，男，汉族，生于1962年8月。1981年毕业于常德师范学校，1981年8月在石门县双溪中学任教。1984年8月调石门县团委工作。1985年9月至1987年8月在湖南省委党校团干专修科学习，获得专科文凭。1987年12月任石门县团委副书记。1988年2月任石门县委宣传部副科级新闻宣传专干。1991年11月任石门县文化局副局长。2001年2月任石门县文联主席。2014年9月任石门县旅游投资公司总经理。2017年2月任石门县文旅广体局四级调研员。2022年5月任石门县文旅广体局三级调研员。2022年9月退休。

刘朝阳长期从事宣传文化工作，先后参与策划并组织了石门县连续14届柑橘节活动、连续12届茶文化活动及多次旅游促销活动。先后编撰并组织制作了《石门之旅》旅游宣传片以及《神奇石门》大型旅游画册、《天南地北石门人》、《文明礼仪通俗故事读本》、《夹山楹联集》等专辑，出版有长篇历史小说《少共国际师》。担任县文联主席以后，长期从事电视专题片及歌词、剧本创作。在近百部作品中，歌词《父亲》2010年获湖南省文联庆祝建党90周年优秀歌曲大赛银奖、原创文艺作品一等奖、常德市"五个一工程"奖；歌词《让爱更有温度》获湖南省文联建党百年优秀作品奖；情景剧《人防宣传到山乡》代表湖南省人防办参加南部战区文艺汇演；表演唱《枕边悄悄话》《六个大嫂骂老公》，小品《特别婚礼》《骂丈人》，情景剧《澧水情缘》《特别生日》等参加湖南省相关行业汇演获得一、二等奖；情景剧《山寨喜事》，表演唱《常德有条德国街》《常德歌谣》《六个格格说消防》参加了常德市春节联欢晚会；歌颂扶贫模范王新法的情景剧《信仰》由石门县荆河戏剧团演出近百场，并成为湖南省党性教育基地薛家村的指定演出节目，获得了广泛的好评。

扶助江晖赴中国音乐学院脱产进修

2013 年 9 月至 2014 年 1 月，由湖南省文艺创作扶助基金会选送江晖赴中国音乐学院脱产进修半年，师从作曲系副书记禹永一教授。进修学习期间，江晖选听了作曲技法、和声、复调、配器法等大量专业课程，观摩了 60 多个剧目和音乐会，并以专业 96 分的优异成绩结业。

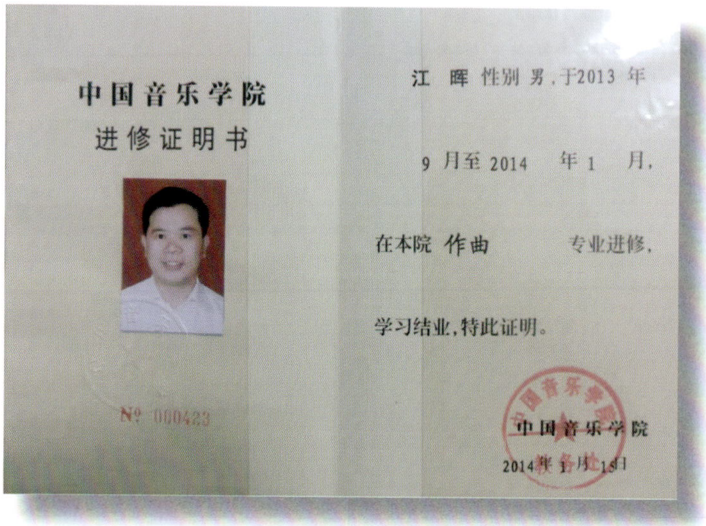

中国音乐学院

进修证明书

№ 000423

江　晖 性别 男，于2013 年

9 月至 2014 　年 1 　月，

在本院 作曲 　　专业进修，

学习结业，特此证明。

中国音乐学院

2014年 1 月 15日

江晖简介

江晖，男，株洲市音乐家协会副主席，一级作曲。20 多年来在国内刊物上发表歌曲 90 多首，在央视及地方媒体演播 300 余首，其中有 100 多首歌曲、舞蹈音乐作品获得省级以上创作比赛奖励。先后被评为株洲市“青年先锋”，株洲市“十佳青年”，株洲市文化系统、文联系统先进工作者。

《治守之道——湖南当代政坛文学典论》

龙长吟

《治守之道——湖南当代政坛文学典论》是龙长吟多年来对从政者创作小说、诗歌、散文的评述。“今日湖南，官员弄文，蔚为风气，市长作家就有三人。以文资政、以政养文，文政协和，湖湘文化延续至今一大表征。不亦喜乎？”一部优秀的官场小说，是堂堂正正的社会主义阶段的新文学，是一柄反腐的利剑，一部存照的社会档案，一卷献言的公车上书。

该书由湖南人民出版社出版、发行。

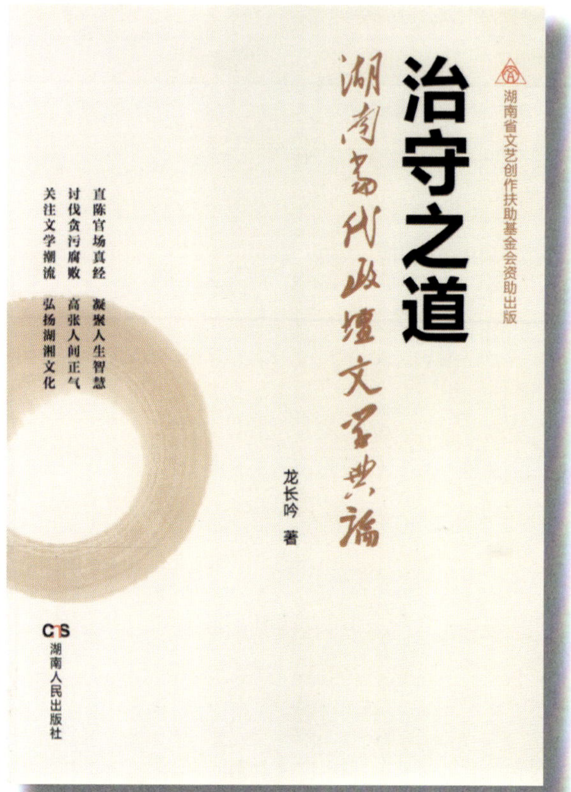

作者简介

龙长吟，本名龙长顺，男，1944 年生，湖南邵东人。研究员，湖南省作家协会创研室原主任，湖南省文艺评论家协会原名誉主席。从 1965 年 6 月《论“早春二月”主题的积极意义》开始，从事文学评论与研究 50 多年，在文艺理论、文艺评论、中国现当代文学史三个方面有论著 17 种。专著有《民族文学学论纲》《两性对立的女人：中国新文学女性形象衍论》《当代湖南文艺评论家选集・龙长吟卷》《芙蓉评林——湖南实力派作家检视》《文海探珠》，合著有《湖南文学史・当代卷》《湖南新文学七十年》《中国当代文学简明教程》《新中国文学史》《中国当代小说史》《二十世纪中华各民族文学关系研究》等，还与谭伟平共同主编了《现代中国文学教程》（高等教育出版社出版）。曾获国家大奖“骏马奖”，省社科二等奖、三等奖、优秀奖及其他奖多项。

《乡村博士帽——雪峰山人物系列》

邓宏顺

《乡村博士帽——雪峰山人物系列》是一部乡村生活气息浓郁的小说。虽然语言十分平实，但它平实得很生活化、很个性化，因而很有“嚼”味。嚼着嚼着，就有人影儿在面前晃动了。这部小说没有曲折动人的故事，通篇都是乡里平淡无奇的生活琐事。诸如牛工换人工、猪郎配种换小猪崽崽、用人工换抱鸡婆孵小鸡等等。然而，这些琐事却是从老博士张妈与小博士米嫂两农妇为着各自的利益而较量心智的过程中冒出来的。于是，老博士、小博士就在这些琐事中“活”起来了。人物活了，全篇就活了。

该书由百花洲文艺出版社出版、发行。

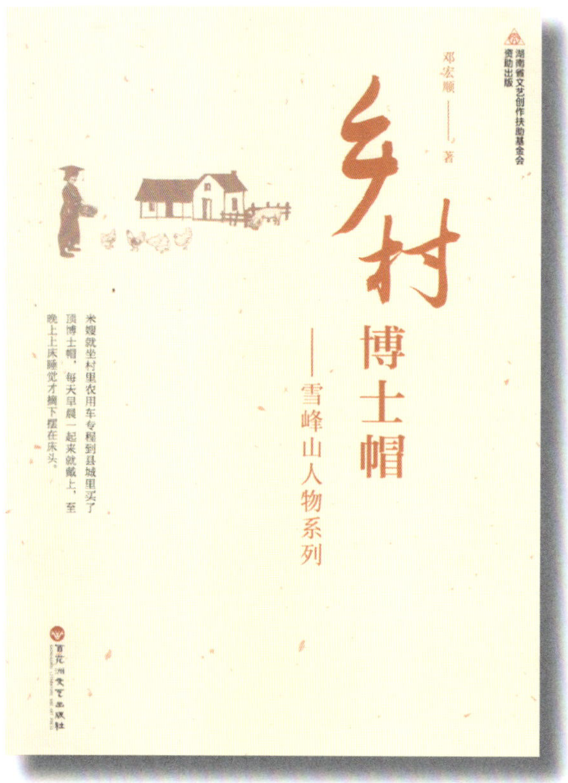

作者简介

邓宏顺，男，湖南辰溪人，中国作家协会会员，湖南省作家协会名誉主席。先后在毛泽东文学院作家班和鲁迅文学院高研班进修。出版有长篇小说《贫富天平》《红魂灵》《天堂内外》《铁血湘西》等；在《收获》《当代》等全国性文学期刊上发表中篇小说50余篇，曾荣获“五个一工程”奖、“毛泽东文学奖”、“萌芽文学奖”、首届《北京文学·中篇小说月报》奖等。

扶助周卫星从艺 36 周年专场汇报演出

周卫星是我省著名的相声演员，他从艺 36 周年搞了一场汇报演出。其中，小品《婚礼》讲述了一位普通军人为了去玉树救灾而推迟自己婚期的故事，歌颂了人民子弟兵舍小家为大家的高尚情操。节目中周卫星用口技模拟婚礼现场音效，为电话那头的未婚妻抹去泪水，让人感动，加上现场采用 LED 展现周卫星演的军人带领战士们在玉树救灾的画面，给人耳目一新之感。2010 年他和曾敏合作，在第六届中国曲艺牡丹奖比赛中获得了中国曲艺的最高奖——牡丹奖，也开创了湖南曲艺小品获“牡丹奖”的先河。

周卫星简介

周卫星，男，1957 年出生，湖南省曲艺家协会副主席。

1990 年，相声《欢歌乐舞》获湖南省首届笑的艺术大奖赛一等奖；1992 年，《母亲颂》获全国业余相声比赛捧哏二等奖；1996 年，与杨志淳合作并由湖南文化音像出版社发行相声磁带《“湘”音难改》《搭中巴》《南腔北调》50 余万盒；2000 年，被评为湖南省德艺双馨中青年文艺家；2004 年，《约会》获“金狮奖”第四届全国小品大赛金奖；2008 年，被评为湖南省中青年德艺双馨艺术家，并记一等功；2009 年，获评中国曲协五十年优秀中青年曲艺家；2010 年，凭借小品《婚礼》获第六届中国曲艺牡丹奖表演奖；2012 年，获首届湖南省文学艺术奖。

扶助赵双午《梦之旅》大型原创杂技剧的演出

美丽的凤凰仙子进入少年的梦境，他们两情相悦，相鸣举翼，来到梦玄宫。欢乐的精灵散发出生命的热力。突然，邪魔来袭，精灵四散，小丑被杀，凤凰仙子自焚。为拯救梦玄宫，少年奋力反击，一番激烈搏斗之后，终退邪魔，百鸟鸣唱，祥光万道，凤凰仙子涅槃重生，万物复苏，爱人重逢。鼓号齐鸣，一艘载着梦想的巨轮向着东方喷薄而出的太阳扬帆启航。

该剧首次尝试用杂技来表现一个相对完整的故事，通过戏剧的表演手法，用“一个少年在梦境中寻找凤凰仙子”的种种艰难奇遇，把整台晚会相对完整地串联起来，让观众体验到杂技艺术演员不畏艰辛、顽强拼搏、挑战极限、百折不挠的精神。同时，观众也在戏剧性的音乐中和演员一同完成一场逐梦之旅，感受中华优秀传统艺术的独特魅力。

赵双午简介

赵双午，女，1975 年生，1984 年进入湖南省艺术学校杂技科学习杂技表演；1990 年至今就职于湖南省杂技团（现湖南省杂技艺术剧院有限责任公司）；1990 年至 2004 年担任演员；2005 年至 2006 年担任学员队教师兼演员；2007 年至 2010 年担任学员队副队长；2011 年担任演出团经理；2012 年起担任公司副总经理。现为公司董事长、艺术总监，中国杂技家协会副主席，湖南省文联副主席。

1988 年，主演节目柔术《春蚕吐丝》参加全国“新苗杯”少儿杂技大赛，获金奖；1990 年，柔术《春蚕吐丝》参加比利时“希望之星”国际杂技比赛，获银奖；1995 年，主演《技巧造型·鱼韵》参加中南区杂技调演，获一等奖；1995 年，主演《技巧造型》参加第四届全国杂技大赛，获“金狮奖”；2009 年，执导并演出的大型杂技主题晚会《芙蓉国里》参加湖南艺术节，个人获得“田汉表演奖”；2010 年，执教、创编节目《四人柔术》参加越南河内国际马戏节，获银奖；2012 年，执导的大型杂技主题晚会《芙蓉国里》、创编的节目《四人柔术》获得第一届湖南省文学艺术奖；2012 年，导演多媒体梦幻杂技剧《芙蓉国里》参加第四届湖南艺术节，获“优秀剧目奖”，个人获“田汉导演奖”。

曾经随团或领队出访过美国、日本、比利时、西班牙、印度尼西亚、叙利亚、摩洛哥、科威特、新西兰、哥伦比亚、厄瓜多尔、越南、俄罗斯、哈萨克斯坦等国并演出。

2014

2014 年湖南省文艺创作扶助基金会扶助项目

《憾歌——谷静散文选》

谷静

《憾歌——谷静散文选》是作者从事散文创作51年的“散文档案”，从中可以看出作者散文创作的整个历史，包括历史性特征、创造性手法等。阅后对人、对事、对社会会有新的认识，增添无穷乐趣。

该书由湖南人民出版社出版、发行。

作者简介

谷静，男，湖南湘潭人。中国作家协会会员，主任记者。曾任湘潭电台副台长、《湘潭广播电视报》总编辑，现任湘潭市作家协会名誉主席。20世纪60年代开始业余文学创作，在《人民文学》、《当代》、《人民日报》、中央人民广播电台、《羊城晚报》、《湖南文学》等国家级、省级报刊、电台发表散文、小说、电视文学剧本、报告文学等各类文学作品近300万字。创作、拍摄的电视剧《亲情》在中央电视台播出6次，湖南卫视播出多次，出版著作4部。作品获中国广播电视奖、省“五个一工程”奖和湖南广播电视奖等各级奖项30余次。1994年被评为湖南省首届“十佳记者”和湘潭市劳动模范，1997年被湖南省政府荣记一等功。

《从湖湘走向世界：胡良桂与文学理论研究》

宋德发

《从湖湘走向世界：胡良桂与文学理论研究》旨在从当代学术史的角度，为胡良桂的学术研究建一份比较完整的“原始档案”。该档案由三大部分组成：第一部分是胡良桂学术研究的学界反响，共收录文章 52 篇；第二部分是媒体和学者对胡良桂的认识和评价，共收录文章 9 篇；第三部分是胡良桂的自述，共收录文章 9 篇。共 70 篇文章，多角度、多层次地描绘出胡良桂 30 多年的学术轨迹、学术成就、学术风格、学术影响和学术体悟。

该书由湖南教育出版社出版、发行。

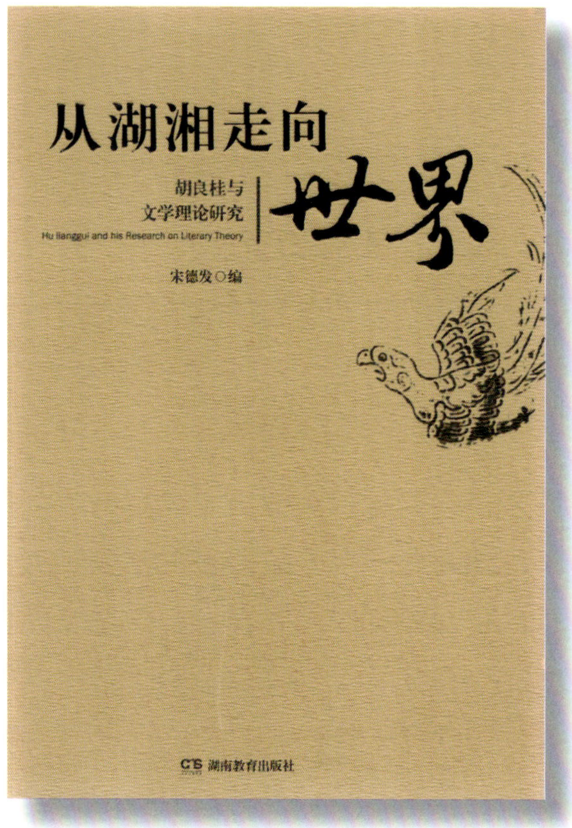

作者简介

宋德发，男，1979年5月生，安徽庐江人，湘潭大学文学与新闻学院教授、博士生导师。主要从事比较文学与世界文学研究，在《外国文学研究》《国外文学》《俄罗斯文艺》《中国比较文学》等期刊发表论文150余篇，出版《故事中的人生：西方文学中的生命哲学》《厄普代克中产阶级小说的宗教之维》《作为方法的比较文学》《常识 方法 视野：比较文学的三维建构》《19世纪欧洲作家笔下的拿破仑》《站稳讲台：大学讲授学》《如何走上大学讲台：青年教师提高讲课能力的途径与方法研究》等著作14部。

《张紫映草根文集》

张紫映

《张紫映草根文集》是作者一生创作的曲艺作品的选本，是一部很好的曲艺教材。该书搜集整理了作者演出的 40 个曲艺节目，全书分为八章：第一章，草根释义；第二章，我的草根缘；第三章，独角戏概述；第四章，渔鼓概述；第五章，渔鼓的源流；第六章，渔鼓的表演方法；第七章，渔鼓剧本的创作结构；第八章，单口渔鼓部分。它的出版对热爱曲艺的演唱者、爱好者都是一件值得庆贺的好事。

该书由湖南文艺出版社出版、发行。

作者简介

张紫映，又名张子映，男，湖南衡阳人。系中国曲艺家协会会员、湖南省曲艺家协会理事、衡阳市曲艺家协会主席。从十三岁起学习曲艺，长期从事渔鼓和独角戏表演和曲艺创作。他创作曲艺作品400多篇，有许多优秀曲艺作品获国家级奖项。2010年代表中国曲艺家赴法国巴黎演出，获得联合国教科文组织颁发的“卢浮奖”。2012年当选为“非物质文化遗产”渔鼓传承人代表。

《挺过两百天》

曾海民

该书汇集了作者曾海民的5篇中篇小说：《九五年的烈日》《让我为你唱首歌》《挺过两百天》《傻瓜》《杨大壮的朋友》。这些小说文笔流畅、语言生动，故事情节幽默有趣，引人入胜。基金会资助工作在生产一线的工人同志从事文学创作、出版专集是具有现实意义的。

该书由湖南文艺出版社出版、发行。

作者简介

曾海民，笔名曾海，男，1958年生，湖南邵阳人。1993年开始发表作品，曾在多家刊物上发表中、短篇小说，其中《九五年的烈日》《让我为你唱首歌》发表在《当代》，《挺过两百天》发表在《文学界》等等。

《竹山夜话》

彭其芳

作者居住在常德楠竹山，大都是熬更守夜写的文字，便叫《竹山夜话》了，且与以前出版的散文集《竹山夜雨》相照应。“话”“雨”都是作者丰富情感的产物。

《竹山夜话》分为三辑。第一辑，序言，是作者受亲朋好友所托而为出书者所作的序，有44篇。第二辑，跋记，有13篇，是作者编辑图书所写的后记或题跋。第三辑，评论，有37篇，是作者读到好文、看到好事有感而发所写的评论文章。

该书由湖南人民出版社出版、发行。

作者简介

彭其芳，男，湖南省安乡县黄山岗人。1992年6月加入中国作家协会，资深编辑。他的散文乡土气息浓郁、语言清新凝练、构思新颖独特，在全国有一定的影响。已发表各类文学作品近600万字，出版有长篇小说爱国主义三部曲《天晓》《血海》《山魂》及散文集《桃花雨》《背篓秋色》《竹山夜雨》《其芳散文选》等20余部。其家曾被评为湖南省“五好文明家庭”，省、市电视台曾先后录制、播映7部关于他的新闻专题片。

《幻变》

张文刚

童话寓言体小说《幻变》是描绘由于生态环境的改变等原因，一批动植物先后变成了蜗牛。荷城也因此被称为“蜗城”。蜗牛们组织起来，成立“蜗协”，互相帮助，造福人类。由于行善扬德，敢于担当和锐意进取，在被人类珍视、呵护和赞美的同时，这一群特异的生命又开始了新的幻变。全书以爱情为主线，表达了对自然生态和人类社会的思考，充满浪漫气息和唯美色彩。

该书由长江文艺出版社出版、发行。

作者简介

张文刚，男，湖南安乡人，湖南文理学院教授。文学硕士，湖南省作家协会会员、湖南省文艺评论家协会理事。先后在《光明日报》《文艺报》《中国图书评论》《青年文学》等百余种报刊发表文艺评论和文艺作品，有作品入选中国作家协会编选的《中国文学理论批评文选》。出版学术著作《诗路花雨——中国新诗意象探论》《洞庭波涌写华章——改革开放40年洞庭湖畔作家作品论》《武陵作家论》《中国现代文艺鉴赏理论概观》。曾获第六届丁玲文学奖一等奖、湖南文艺评论优秀著作奖等奖次。

《中国小提琴作品 15 首》

魏景舒

作者魏景舒一生创作了各类题材、风格、样式的音乐作品多首，其中最痴迷的还是小提琴曲的创作。《中国小提琴作品 15 首》是作者半个世纪来创作的精品，曲目丰富多彩，具有鲜明的民族风格与浓郁的地方特色，并体现了作者的喜好和个性。品味这些乐曲的民歌音调，使人倍感亲切，并得到美的感受。

本书收录曲目如下：《山歌》《乡土情》《青春舞曲》《小河淌水》《踢踏舞》《湘江谣》《瑶族长鼓舞》《湘魂》《清江河》《草原之夏》《瑶山夜歌》《湘风》《山林恋歌》《采花调》《端午龙舟赛》等。

该书由湖南文艺出版社出版、发行。

作者简介

魏景舒，男，1941年出生，一级作曲。系中国音乐家协会会员，湖南省音乐家协会第三、四、五届副主席，湖南省音乐家协会理论创作委员会会长。从事音乐创作50年，创作了各类题材、风格、样式的声乐、器乐及影视音乐作品上百首，发表过数十篇音乐论文，荣获国家及省级奖60多次。代表作有《最美的圆月》《溪边月光曲》《还是我们洞庭美》，声乐套曲《共和国礼赞》。出版专著有交响组歌《骄杨曲》、声乐套曲《青年毛泽东在长沙》、小提琴独奏曲《山歌》、二胡独奏曲《山村新歌》等10多部。

#《谷子元纪念文集》

本书编委会

《谷子元纪念文集》主要由两大部分组成，第一部分是“谷子元革命回忆录选编”，全由谷一阳负责编审与校对。第二部分“追忆与怀念”，由彭继宽负责编审与校对，同时彭继宽还承担了文件起草、工作联络、照片编辑及全书统编等工作。谷老光辉、传奇的一生，光明磊落、无私奉献的优秀品质是我们学习的宝贵财富。资助出版这样一本纪念文集是一件大好事，谷老的革命精神和优秀品质永远值得我们认真学习和发扬。

该书由湖南人民出版社出版、发行。

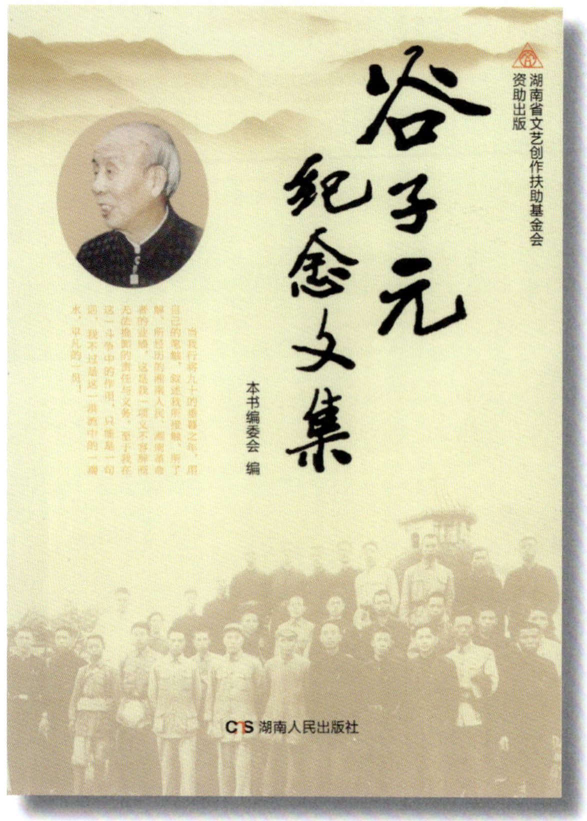

谷子元简介

谷子元，男，生于1908年6月，湖南省耒阳人，1927年加入中国共产党，是一位老红军。曾任湘南特委代理书记，湘南工委书记，粤赣湘边区湘南游击队司令员、政委，衡阳地委委员、专署专员，湖南省政法委副主任，湖南省监察厅厅长，湖南省人事局局长，湖南省民委副主任、党组书记，湖南省委统战部第一副部长，湖南省政协副主席，湖南省民间文艺家协会主席等职。为湖南的和平解放和社会发展及全省民间文学艺术工作作出了重大贡献。

《伍子胥》

朱日复

作者熟读先秦文史典籍及诸子百家后，发现上古时期有三个遭到非议的人物：一是商汤，二是周武，三是伍子胥。罪名都是以臣代君，有违人臣大道，是莫大的罪名。作者通过研究，发现屈原对伍子胥极为推崇，有很高的赞誉，于是静下心来，查阅研究有关史料，写成了这部长达 54 万字的长篇历史小说。

该书由中国书籍出版社出版、发行。

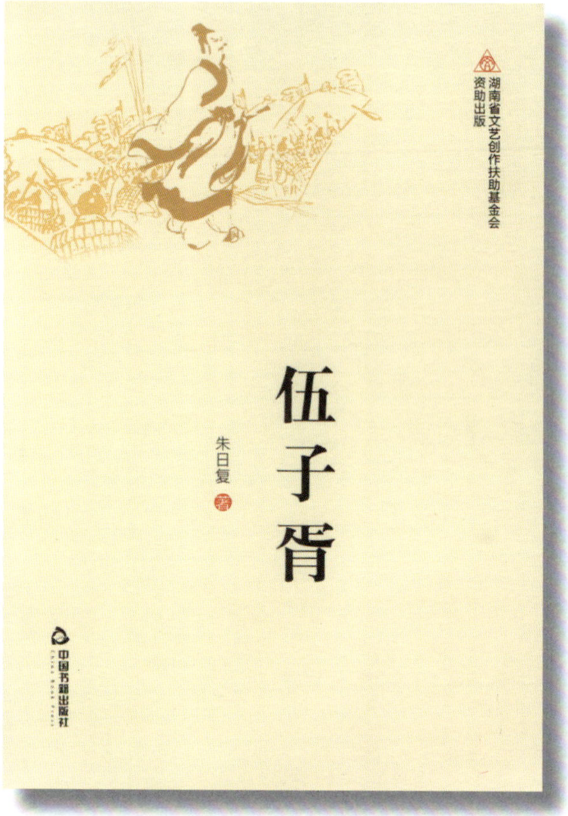

作者简介

朱日复，男，湖南资兴人。中国作家协会会员，湖南省文艺理论研究会顾问。大学毕业后，长期从事文艺研究、编辑工作。曾任《理论与创作》编辑部主任、副主编。历年来在全国报刊共发表文艺理论、评论、小说类作品300多万字，多次获省级及全国各类学术研究会优秀奖。出版文艺美学等专著有《文艺认识论——从认识论视角探讨文学艺术的本质》《文艺湘军百家文库·朱日复卷》《朱日复文艺评论选集》和历史文化小说集《泰山其颓》等。

扶助殷景阳《霞姑的故事》采风创作

为创作《霞姑的故事》，长沙市音乐家协会组织音乐词曲作家去杨开慧纪念馆参观学习，创作的作品有：

《礼赞骄杨》，管群华词；《大爱情怀》，管群华词；《板仓纪事》，邝厚勤词；《爱的忠诚》，邝厚勤词；《美丽霞姑》，杨成春词；《蝶恋花的爱》，杨成春词；《骄杨》，彭春华、唐建中词；《倾尽一生去爱你》，彭春华、唐建中词。

湖南省合唱协会副理事长、青年指挥家王君（左一），著名声乐教育家，湖南师范大学音乐学院督导余开基（右一），省合唱协会常务副理事长兼秘书长郭晓鸣（左后一），中国音乐家协会合唱联盟副主席周跃峰（右后一）

殷景阳简介

殷景阳，男，1946 年生，1967 年毕业于武汉音乐学院附中声乐专业。系中国音乐家协会会员，湖南省音乐家协会副主席，湖南省音乐家协会声乐艺术委员会副会长，长沙市文联副主席，长沙市音乐家协会主席，长沙市企业文联秘书长，省会著名歌唱家、声乐教育家、作曲家、指挥家。同时，还是湖南省文艺人才扶持“三百工程”首批入选艺术家、湖南师范大学音乐学院客座教授、长沙市十一中特聘专家组艺术顾问。殷景阳的音乐作品深受业内人士的喜爱，我国著名歌唱家魏松、杜吉刚、张也、陈小朵、石倚洁、张卓、潘军、李朔等，分别演唱过他的代表作，其中《沁园春·长沙》、《新长沙，我的家》、《花明楼》（六集文献纪录片《刘少奇的故事》片尾曲）等，多次在中央电视台播出。殷景阳策划、组织有重大影响的全国、省、市大型音乐活动 30 余次。30 多年来，培养和指导了近百名学生考入高等音乐学府。

《洞庭渔歌》

李海英

电影文学剧本《洞庭渔歌》以新一代渔家姑娘的浪漫爱情为主线，穿插大量的原生态洞庭渔歌，反映洞庭湖“天吊户”上岸后对于转产、转业之路的探索，全面展示岳阳的美丽风光以及洞庭湖的综合治理。本剧本荣获第八届全国戏剧文华奖电影剧本类金奖，并发表在《中国作家》杂志 2013 年第 5 期。

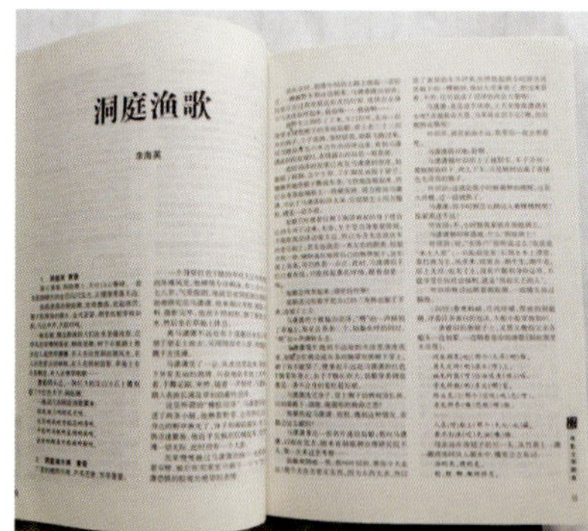

作者简介

李海英，女，笔名冰雪、深谷悠兰，中国作家协会会员，中国民间文艺家协会会员，岳阳市岳阳楼区文联副主席。先后就读于北京鲁迅文学院影视班、北京电影学院研修班、中国戏曲学院高研班。作品曾获《中国作家》与《女友》杂志联合举办的全国首届青年文学大赛诗歌第一名、第八届全国戏剧文华奖大型剧本金奖、2019年首届“金百花”全国小型戏剧戏曲作品展演最佳剧本奖、第七届湖南艺术节“三湘群星奖”金奖等国家级与省级大赛奖项十多项。在《中国作家》《电影文学》《天津文学》《湖南文学》《湘江文艺》《海外文摘》《草堂》《诗潮》《海燕》《艺海》《参花》，以及中国香港、中国台湾、新加坡、泰国等地海内外报刊发表诗歌、散文、小说、剧本多篇并多次入选《中国新诗日历》《中国新诗排行榜》《世界华文微诗选萃》等多种选集。

2015

2015 年湖南省文艺创作扶助基金会扶助项目

《湖湘联话》

胡静怡

《湖湘联话》是一本赏析湖湘本土楹联的专题联话。作者数十年如一日收集的湖湘本土楹联，累计万余副。本书从中精选四分之一，分成喜庆、景观、题署、戏台、哀挽、缅怀、抗战、祠庙、集句、谐趣十篇，兼叙兼议，或言其故实，或释其典事，或彰其亮点，或指其瑕疵，从意境、韵味、语言、格调、艺术手法诸方面加以述评，力图雅俗共赏，让广大楹联爱好者对湖湘楹联文化的整体风貌有所认识和了解，让专业楹联工作者在艺术欣赏和艺术创作方面有所启迪和提高。

该书由湖南人民出版社出版、发行。

作者简介

胡静怡，男，1943 年生，湖南宁乡人，2005 年由湖南省人民政府聘为湖南省文史研究馆馆员。著有《怀虹斋联话》《怀虹斋诗词联话》《怀虹斋文稿》《三湘联坛点将录》《瘦生集》等书。获全国各级楹联大赛等奖 180 多次，其中一等奖 18 次。

《人是太阳》

刘强

《人是太阳》论述20世纪末南洲冶炼厂国际锌期货爆仓事件，描述年轻的锌铅冶炼降耗专家吕婳担任厂长兼党委书记，实行人本治厂，挽狂澜于既倒，率领全厂职工科技创新、内部挖潜，打赢世界性“锌成本战”，挖出爆仓事件幕后元凶，使企业重新挺立世界前列。

《人是太阳》是对主人翁工人阶级的歌颂，是对主人公代表吕婳和钟山的赞美，是对人性真、善、美的讴歌，是对假、丑、恶的鞭笞，弘扬了法治精神的灿烂阳光。

该书由中国书籍出版社出版、发行。

作者简介

刘强，男，1938年生，湖南株洲人，中国作家协会会员，国家一级作家。已出版专著《诗的灵性》《中国诗的流派》《孔孚论》《非马诗创造》《天堂对话》，散文集《走山走水》，长篇小说《男儿亮色》《孽变》《红街黑巷》《闯荡商海的女人》等数十部著作。曾获世界华人诗歌理论奖，第二、第三届中国法治文学奖，中国小说学会短篇小说一等奖，《今古传奇》全国优秀中短篇小说奖20余次。

《魏源》

李龙生　王超

魏源一生读万卷书，行万里路，探索社会发展进步的真谛，提出了“师夷长技以制夷”的主张，终生勤于著述，留下了《海国图志》《圣武记》《夷艘寇海记》等数十部对社会具有深远影响的杰作。然而在腐败透顶的官场中，他的改革思想无法实施，富民强国的宏图无法实现。

《魏源》一书以人物志的体例再现了魏源探索真理，无机遇实践，只能著述的沉寂一生。今天，我们应“师夷长技以制夷”，促进社会的进步与发展，造福于人民。

作者简介

李龙生，男，于1959年生于湖南省邵阳市新宁县崀山镇。1980年7月毕业于湖南省生物机电工程学院农机化专业，同月分配到县农机局工作，在职学习电大汉语言文学专业。1987年调新宁县农业委员会工作，1989年到飞仙桥乡挂职副乡长，1990年至1992年任新宁县万塘乡长，同期毕业于中央党校函授班经济管理（本科），1992年任新宁县烟村乡党委书记，1993年调任新宁县农机局副局长，1995年调任新宁县史志办主任，2009年4月至2019年在新宁县委办工作，2019年至2022年4月在湖南日报做影像传媒，现任"中国网""大美湖南"副主编。1992年开始文学创作，出版长篇小说《没有英雄的时代》《漩涡》《命运》《泉妹》，人物传记《刘坤一》《蔡锷》《魏源》，历史小说《中华万年》《中华始祖炎帝》，地方志《新宁县志》，其中《魏源》还被拍成40集电视剧。

《人生有戏——黄士元作品集》

黄士元

《人生有戏——黄士元作品集》分上、下两卷共 125 万字。上卷分为第一章曲艺篇，收集有 73 篇曲艺节目。第二章小戏篇，收集有 40 个小戏节目。下卷分为第三章大剧篇，收集了 8 台大剧。第四章评介篇，收集了 78 篇观众对作者创作的评价。编后语以及附录收集的是作者创作的收获、体会及人生大事记等资料。

扶助黄士元出版作品集《人生有戏》，既是对一位老文艺家一生创作的总结，又为文艺事业留下了部分精品力作，是一件两全其美的善事。

该书由中国戏剧出版社出版、发行。

作者简介

黄士元，湖南常德人，全国有突出贡献曲艺家，享受国务院政府特殊津贴专家。从事文艺创作50多年，先后发表和被改编演出的作品达500多万字，40余次获全国各类奖项。代表作有大型现代戏《嘻队长》《山里哥哥山里妹》《旋转的钞票》等。曲艺作品有《瓜中情》《待挂的金匾》等。他曾先后当选为全国剧代会、全国曲代会代表，湖南省党代会、湖南省人大会、湖南省文代会代表。中央电视台、新华社、人民日报等全国40余家重要媒体曾先后报道过他的先进事迹。

《范孟缘》

柯云

《范孟缘》是一部民间叙事长诗，又名《孟姜女哭长城》。孟姜女是民间传说中的人物，民间至今还盛传孟姜女的故事。因澧水河边至今还留有姜女庙，故有人认为孟姜女是原澧州慈利人。本书根据作者文友贾国辉提供的一些故事和作者本人收集的第一手资料整理、加工而成。

该书由中国书籍出版社出版、发行。

作者简介

柯云，原名周保林，男，1937 年出生，土家族，湖南慈利县人。系中国作家协会会员，慈利县文联原副主席。

迄今已发表文学、文史作品达 1400 万字，出版散文、诗歌、故事、小说专著等 49 部。其中《索溪趣闻》《南北大侠杜心五》《孙九大人坐台湾》分别被联合国列入世界旅游丛书并译成外文。《春到花明楼》《菜刀情》《九女寨》等 410 余件作品分别获《广西文艺》《作家报》等报刊金奖。其主要事迹收入《中国作家协会会员辞典》《中国名人辞典》《世界文化名人辞典》等辞书。

《南风坳》

彭楚明

彭楚明创作的长篇小说《南风坳》共90多万字，以辛辣、诙谐的笔调抨击了极左思潮的荒诞与危害，描绘了那个特殊时代农村和农民的生存状态，讴歌了真、善、美，鞭笞了假、恶、丑。这是一部弘扬主旋律，集聚正能量的作品。这部作品塑造了一批可歌可泣的共产党人的形象。

该书由海南出版社出版、发行。

作者简介

彭楚明，男，笔名浩渺、麦浪。1957年生，汉族，湖南永州人。现为湖南省作家协会会员、永州市第三届作家协会副主席兼秘书长。曾任永州市文联党组成员、专职副主席。1982年开始文学创作，先后在《湖南文学》《黄河文学》《小说月刊》《短篇小说》《湖南日报》等报刊发表短篇小说、散文、诗歌等作品100多万字。已出版散文作品集《青春作伴》《踏歌潇湘》等。

《白驹》

廖静仁

《白驹》是一部再现全民抗日的草根英雄史诗，是一首惊天地、泣鬼神的生命浩歌，是一幅浓墨重彩的梅山民俗风情长卷，带读者走进神秘的黑茶之乡——安化。

该书由湖南文艺出版社出版、发行。

作者简介

廖静仁，男，1957 年生，湖南安化人，一级作家。湖南省文史研究馆馆员、全国五一劳动奖章获得者，第三届青创会代表，第八次、第九次全国文代会代表。著有散文集十余部。近年专事小说创作，已发表中短篇小说若干。《白驹》就是其中的代表作。

《琐忆集》

陈第雄

《琐忆集》是一部凝聚作者七十余年学习、工作、生活经历的作品集，是一部鲜活的生命史、心灵史，也是作者一部走向人生成功和追求人生最大价值的奋斗史。我们不但可以从中体味到人生的苦涩与甜蜜、生命的意义与奇妙，从而获得人生的启迪与激励，还可以体味到在人生旅途中，有时即使荆棘丛生、陷阱密布，生活也仍然充满了阳光雨露和诗情画意。只要我们像山间穿岩破石的小溪那样，无论遇到多少艰难险阻，都要一往无前，不改汇入大海的志向，我们就有希望实现自己的人生梦想。

该书由中国书籍出版社出版、发行。

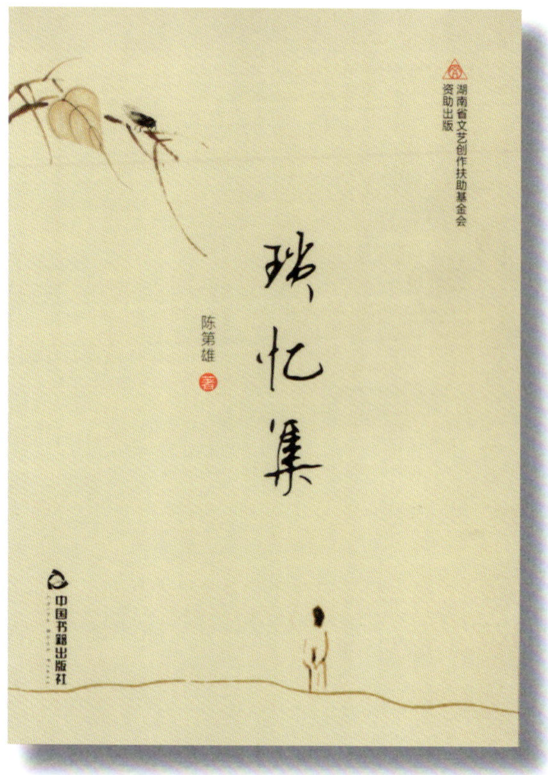

作者简介

陈第雄，男，1936年生，湖南郴州人，中国作家协会会员，国家一级作家。曾任湖南省政协委员、湖南省作家协会理事、郴州市政协常委、郴州市文联专职副主席、郴州市作协主席。著有中短篇小说《英雄泪》、长篇小说《苏仙传奇》《白微》、纪实报告文学《古城新貌》、长篇电视文学剧本《白微传》、科普电影文学剧本《养鸡》等多部作品。

《假如有来生——谭士珍散文随笔选》

谭士珍

《假如有来生——谭士珍散文随笔选》是部散文随笔集。所辑作品大部都在报刊上发表过。作者一生笔耕不辍，84 岁还在创作，一生痴迷读书和写作。“假如有来生，我还想当作家；假如有来生，我还想当蠢作家；假如有来生，我要当个名作家。”这是谭士珍老先生的人生挚言。

该书由中国书籍出版社出版、发行。

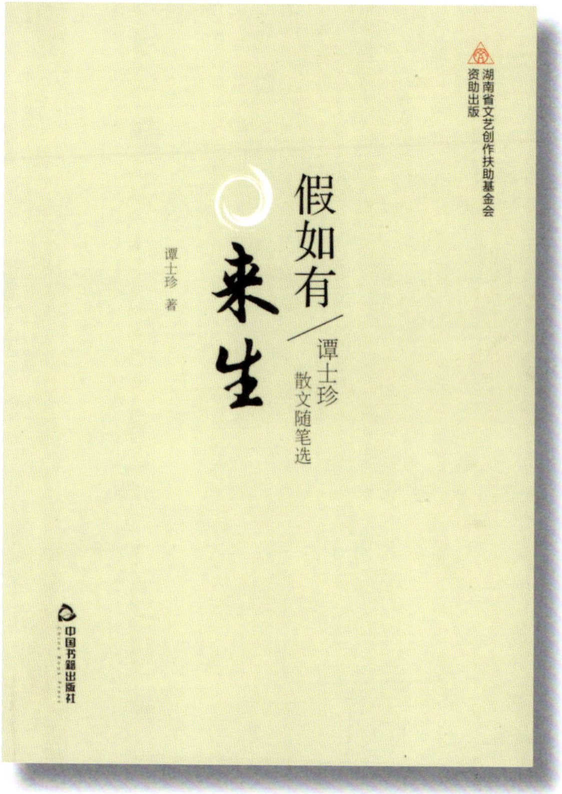

作者简介

谭士珍，男，1933 年 5 月生，湖南新邵人，1949 年参加中国人民解放军，历任文书、书记、参谋等职。转业到地方工作后，历任湖南省文联主席团委员、湖南省作家协会理事、怀化市文联副主席等职。著有长篇小说《朝阳花》、《女匪》、《太行儿女》（合著）、《风雨故人来》（合著），长篇纪实文学《袁隆平》《向警予》等。《袁隆平》（摘选）曾两次入选全国九年义务教育初中语文课本。2007 年荣获中国作家协会颁发的从事文学创作 60 周年荣誉证章。

《范正明电影戏剧选》

范正明

《范正明电影戏剧选》精选范正明所著若干获奖剧本中的几部，如《田汉与国歌》（电影文学剧本）、《荆钗记》（昆曲）、《彩楼记》（昆曲）、《大决堤》（无场次现代戏曲）等。这些被选入的剧本既是作者的最爱，也是获得戏剧电影类大奖的作品。抗日战争时期的1944年夏初，长沙沦陷，不少湘剧艺人从枪林弹雨中逃到邵阳，和作者父亲领导的义华抗敌湘剧团一道向湘西洪江逃难，其中不少是湘剧抗敌宣传队的成员。作者曾经和田汉在一起工作长达四年之久，这本书就是在逃难途中，丑行演员谭金林、鼓师吴运生给作者所讲的许多田汉故事的汇集。

该书由湖南人民出版社出版、发行。

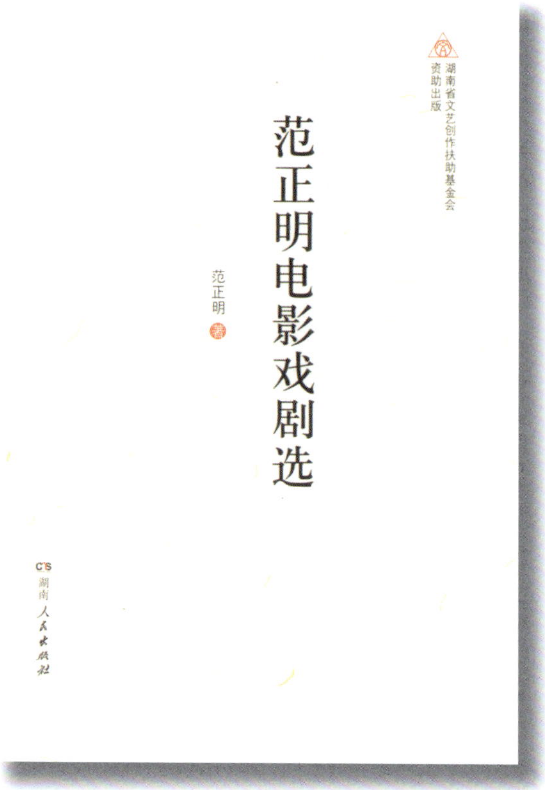

作者简介

范正明，男，1929年出生，湖南长沙人。1949年8月参加工作。曾任湖南省文联执行主席、湖南省剧协主席。国家一级编剧，享受国务院政府特殊津贴专家。

所著昆曲《荆钗记》获第七届中国戏剧节一等奖，《白兔记》（合作）获首届田汉戏剧文学剧本一等奖，电影《国歌》获夏衍电影剧本文学二等奖、中宣部“五个一工程”奖、华表奖。《琵琶记》获文化部首届文华编剧奖。湘剧《百花公主》获湖南省文艺创作奖。2006年获文化部昆曲艺术优秀主创（编剧）人员奖。

著有《当代湖南戏剧作家选集·范正明卷》《湖湘文库：湖南地方戏剧目题要》《湘剧高腔十大记》《湘剧剧目探微》《湘剧名人全录》等十余册著作。

《湖南当代音乐史》

刘镇钰

音乐教育家刘镇钰教授历经三年，在几十位热心热爱音乐事业的音乐人的共同努力下，千方百计地收集资料、采访有关人员、查阅多种典籍，广泛听取意见，集思广益，编写成了这部31万字的音乐史书。它将中华人民共和国成立以来（1949—2014），湖南的音乐艺术事业发展变化的来龙去脉做了一个认真的梳理。

该书由中国广播影视出版社出版、发行。

作者简介

刘镇钰，男，1940 年生，长沙人。湖南师范大学音乐学院教授、研究生导师。1959 年考入湖南省艺术学校，后到中国音乐学院和中国艺术研究院进修中国音乐史、古琴。曾任中国民族管弦乐学会常务理事、中国琵琶学会常务理事、中国音乐史学会理事、中国古琴学会理事、湖南省音乐家学会常务理事、湖南民族管弦乐学会副会长、湖南琵琶学会会长等职务。

他从事民族器乐、中国音乐史及民族音乐的教学与研究，出版了《跟我学琵琶》《跟我学古琴》等器乐专业书籍，创作了民乐合奏《支农忙》、琵琶曲《放风筝》（入选《中国琵琶名曲荟萃》）、《赤卫队员话当年》等作品。参编国家审定的中小学音乐教材。20 世纪 90 年代中期，曾发表介绍中国民族音乐知识专题三十讲，将民歌、戏曲、曲艺器乐、乐律学等浓缩其中。在中国音乐史领域，参编了《中国音乐通史简编》、《中国音乐史话》、《湖南省志》（文学艺术卷）等书。撰写了《隋代音乐家郑译》《孔子重视民间音乐》等重要论文。

他撰写的文稿有《集民族精神与时代精神于一身的作曲家白诚仁》《听〈长岛人歌〉随想》《绚丽的旋律：湖南音乐五十年》等。

为推介中国音乐，他于 59 岁时，应邀赴美国加州大学黑沃德分校、州立索诺马大学、金门神学院等校宣讲中国音乐并举办个人演奏会，演奏了琵琶、古琴、二胡、箫、笛等乐器，反响强烈。

《摄影人生：伍振超摄影作品集》

伍振超

《摄影人生：伍振超摄影作品集》向读者展示了伍振超拍摄的许多珍贵照片。他不畏艰险，深入西沙群岛第一线长达3个多月，克服了晕船呕吐、热带过敏、曝晒酷暑等许多困难，精心拍摄了歌颂西沙英雄军民的100多幅摄影作品。其中《西沙民兵》《西沙群岛鸟瞰》《螺号声声震南海》《团结战斗》《冲锋在前》《畅通无阻》《保卫领空》《祖国南海无限好》《战地炊事班》《五星红旗飘扬在西沙群岛》等37幅作品在全国举办的南海诸岛之一——西沙群岛摄影展中展出，引起轰动。这些作品再现了那段波澜壮阔的历史，受到专家、同行们的广泛好评。

该书由中国书籍出版社出版、发行。

作者简介

伍振超，男，1930年生，瑶族，湖南江华人，中共党员，国家一级摄影师。曾任新华社团职军事记者，转业到地方后任湖南省摄影家协会秘书长。伍振超从事摄影工作50多年，扎扎实实深入到基层第一线，精心创作了1万多幅摄影艺术作品，有2000多幅作品被国内外报刊、影展发表、选用。其中《重任在责》等8幅作品在1974年11月被《人民日报》用两个整版影印发表。《继承铁人精神的好队长》在1975年被《人民日报》用一个彩色整版发表。《五星红旗飘扬在西沙群岛》等20幅作品在联合国总部展出，为捍卫祖国领土完整作出了突出贡献。因此他受到周恩来总理邀请出席了1974年国庆招待会。《人民日报》评论称：伍振超以饱满的政治热情塑造了西沙儿女的英雄形象。荣获解放军原总政治部颁发的一等军功章的最高奖励。《解放军画报》1974年、1975年先后发表了18篇向伍振超同志学习的文章。

《坐标比较文学及其他》

马焯荣 马弦

《坐标比较文学及其他》一书分为三辑。第一辑，关于坐标比较文学之理论思考；第二辑，坐标比较文学研究；第三辑，平行比较文学研究。本书为研究中国和世界比较文学发展史提供了重要参考。

该书由中国社会科学出版社出版、发行。

作者简介

马焯荣，男，1929 年生，湖南湘潭人。学者、诗人、文艺批评家。湖南省艺术研究院研究员、湖南省比较文学学会副会长。已在《湖南日报》等报刊发表评论诗歌、散文、翻译小说、文学评论达 300 万字。主要著作有《田汉剧作浅探》《中西宗教与文学》《中国宗教文学史》等十几种。

《命运红绿灯》

肖远奇 管群华

肖远奇、管群华合著的《命运红绿灯》以解放前某国立高级师范学校同班七位同学，在中共地下党负责人邢老师的启发教导下，走上进步的革命道路为历史背景，展示出40多年来各人的不同经历和人生的喜怒哀乐。故事情节生动、高潮迭起，人物性格迥异、引人入胜；各异的人生遭遇坎坷曲折、悲喜交错，催人潸然泪下。读后给人以深沉的思考和有益的启示。

该书由中国艺术出版社出版、发行。

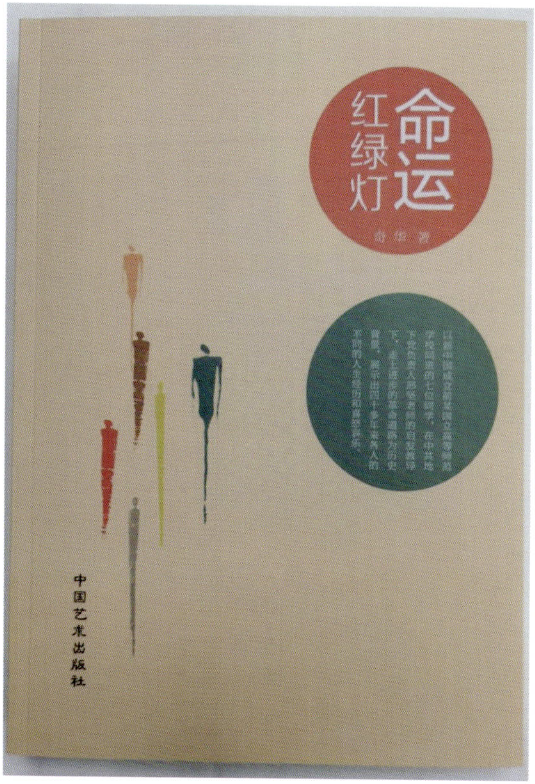

作者简介

肖远奇，男，1934 年生，湖南衡阳人。解放初期教过书，当过国防建设和铁路建设工人。后从事工业会计工作，业余爱好文艺创作。

管群华（左图），男，1952 年出生，湖南祁东县人。系中国作家协会会员，中国文联第八次、第九次全国代表大会代表。出版有 40 余万字的长篇小说《秋雾濛濛》（合著），诗词《长河回望》《江山多娇》，歌词《岁月如歌》和诗词、诗歌选《家园情怀录》（上、下卷）等著作。

《望城皮影戏》

朱国强

《望城皮影戏》有着悠久的历史，保持着古老、原始的地方艺术特色，是艺术界的活化石。懂戏剧艺术的人，都知道皮影艺术的珍贵。

朱国强的祖上多辈唱皮影戏，他的父亲曾经将皮影戏玩得风生水起，将口口相传的湘剧唱得威风八面。作为父亲忠实的粉丝，他对皮影戏数十年如一日地情有独钟。为了保护皮影戏，使其更好地生存和发展，他倾注了全部心血。

《望城皮影戏》对皮影戏的源流和现状、制作工艺、剧种、演出程序、流派、道具、舞台艺术等方面进行了详细描述，图文并茂。这本书的出版对望城皮影戏的保护和传承作出了突出贡献。

该书由团结出版社出版、发行。

作者简介

朱国强，男，湖南长沙人。家传皮影艺术第五代传人，望城皮影艺术法定传承人，系湖南省民间文艺家协会会员、望城皮影艺术团团长。15 岁随父学皮影戏，30 多年来继承皮影艺术，对剧本的收集、整理、皮影艺术的创新及传统艺术的研究、造诣较深。

曾在电影、电视剧《雷锋》《毛主席去安源》《醉湘雅》《关公战长沙》等中表演皮影戏。代表作品有《兔与鹤》《猪八戒背媳妇》《雄鸡斗蜈蚣》《小羊过桥》《东郭先生和狼》等。

《生命签证》

谭仲池　朱赫

《生命签证》一书是谭仲池、朱赫合著的，他们以此纪念世界反法西斯战争暨中国人民抗日战争胜利70周年。该书浓墨重彩歌颂中国驻维也纳总领馆总领事何凤山先生。“在他面前，我们看到了人性的光辉，从而感到自身的渺小。”这来自德国前总理施罗德在耶路撒冷举行隆重的“国际义人——何凤山先生纪念碑”揭碑仪式上的讲话。“他不是英雄，也不是天使，他是上帝。”这是以色列前总理沙龙在何凤山纪念碑前发自内心的赞美。

何凤山先生是中国人，也是湖南人，我们为他骄傲。

该书由湖南人民出版社出版、发行。

作者简介

谭仲池，笔名谭笑、辛宁、淡泊、叶子，湖南浏阳市人。1949年12月生，大学文化，汉族。当过农民，参过军，当过教师，后从事行政工作。曾任浏阳县县长、潇湘电影制片厂厂长、娄底行署常务副专员、湖南省政府副秘书长、长沙市市长、湖南省政协副主席、湖南省文联主席。中国作家协会会员、国家一级作家、硕士生导师。

朱赫，男，中国作家协会会员、国家一级作家，在国内外报刊发表文字作品800余万字，出版文学专著33部。作品获第三届、第六届中国人口文化奖，冰心儿童文学新作奖等奖项。电影剧本《尘梦剑胆》2011年10月获《中国作家》首届剑门关文学奖。短篇小说《守林子老人和他的女人》入选《2012年中国短篇小说经典》，中篇小说《政府形象》入选《2012年中国中篇小说经典》。2013年7月获香港特区金紫荆花文化艺术最高奖。2014年获中国小说学会“文华杯”短篇小说一等奖。2015年获文化部《文化大视野》优秀作品最高奖。2016年5月19日长篇小说《生命签证》入选美国芝加哥国际图书展。

《歌郎》

潘绍东

《歌郎》是潘绍东的第一部中短篇小说集，这是一部带着作者体温和刻度的作品。书中既有对乡村古老文明失落后的幽怨叹息，又有对斑驳人性的多维度的剖析，在隐晦曲折、风格鲜明的叙述中，展现了优秀小说家所具有的独特品质：完美的技术、震撼的细节、质地铿锵又独具一格的语言、对世间万物的怜悯之心、善意的嘲讽……作者笔下有精深的语文修养，灵动的造型能力，丰厚的地域文化积累，值得细品慢读。

该书由湖南文艺出版社出版、发行。

作者简介

潘绍东，男，1970 年出生，湖南汨罗人。中国作家协会会员、湖南省作协全委会委员、鲁迅文学院第 32 届高研班学员，入选湖南省文艺人才扶持“三百工程”文艺家人才库。小说见于《北京文学》《十月》《天涯》《解放军文艺》《湖南文学》《长江文艺》等刊，并被《小说月报》等转载和入选人民文学出版社“21 世纪年度小说选”等选本。曾获第六届《北京文学》奖、湖南省第五届毛泽东文学奖。

《城堡》

胡仲明

《城堡》写法独特，以古代城市和现代都市为背景，以辛辣的讽刺意味，以魔幻现实主义创作的幽默色彩，以“我”为线索，将现代社会的天堂市和古代社会为凤阳府的都市风情熔于一炉，将阴阳两界的社会风情汇入一体，利用两个城市共同举办“美人节”的商机，展示在招商、发展经济的背景下，真、善、美、假、恶、丑，鱼龙混杂。

小说情节跌宕多彩，人物风趣搞笑、语言辛辣经典，是一部写人惟妙惟肖、画骨入木三分的现实主义作品。

该书由中国广播影视出版社出版、发行。

作者简介

胡仲明，男，笔名胡子，湖南常宁人。1995 年入伍，服役于沈阳军区 16 集团某坦克师，从事新闻报道工作。2001 年毕业于解放军艺术学院文学系。系湖南省作家协会会员、毛泽东文学院第七期中青年作家研讨班学员、衡阳市作家协会副主席。先后在《解放军文艺》《江南》《长江文艺》《广西文学》等杂志发表小说、散文、报告文学、文学评论数百篇，著有短篇小说集《夏日的游泳池》、诗集《2008》等。

《徐旭版画艺术》

徐旭

徐旭是湖南乃至全国有一定影响的版画家，曾荣获过版画界的最高荣誉“鲁迅版画奖”。在过去的岁月里，徐旭用刻刀在木板上，或者在丝网印刷中，挥洒自己的青春和汗水。他把光阴在指缝中流失的记忆，凝固在木刻版画的视觉图式之中，于是便有了经典的《韶山油灯》《弹棉花》《东方》等等。

徐旭近年来不断创新，有自己对版画的深刻认识和理解，创作了一批既单纯又丰富，既饱满又空灵，既抽象虚无又具象精妙的版画作品。《徐旭版画艺术》就是不断创新的作品的集中亮相。

作者简介

徐旭，男，1951 年生于湖南攸县。中国美术家协会会员，中国版画家协会会员，湖南美协版画艺委会主任，湘潭市文联荣誉委员、美术家协会顾问，齐白石纪念馆特聘画家。自 1973 年发表作品以来，有数十幅作品入选全国、省、市展览并获奖。有近 20 幅作品被全国及有关省、市美术馆收藏。其中《古汉之光》入选第十一届全国版画作品展，《钢铁交响曲》（浮雕）、《秦俑魂》（版画）入选全国第八届美术作品展，《韶山油灯》（版画）入选全国第九届美术作品展。

2016

2016 年湖南省文艺创作扶助基金会扶助项目

《张家界看“海”》

谢德才

《张家界看“海”》中的文字富有乡土气息，叙述如溪水般从容又有节奏，抒情如山野牧歌般美丽而有激情，想象如飞翔在万里蓝天与莽莽大山之间的苍鹰般视野开阔。

该书由中国书籍出版社出版、发行。

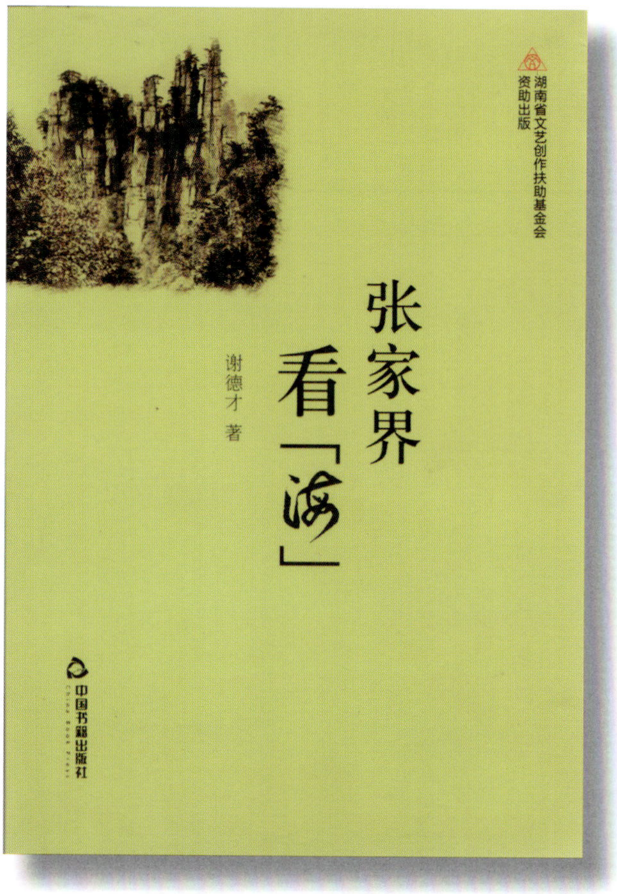

作者简介

谢德才，男，土家族，湖南桑植人，现任湖南省作家协会会员、张家界市文联副主席、桑植县文联主席。他钟爱散文创作，在《人民日报》《散文百家》等50多家报刊共发表文学作品50多万字，作品入选《世纪散文选》等20多种选本。多篇文章入选江西、湖南、安徽、浙江等省市初中高中学生语文模拟考卷及省级招聘中、小学教师语文考卷。

《歌声回荡》

郑正辉

《歌声回荡》是一部描写瑶族同胞坚韧不拔的民族生命力的长篇小说，字里行间既描述了凄美的爱情传奇，一家数代，矢志不渝，前赴后继，追寻一个梦，异姓兄弟，情同手足，合葬一穴。该书同时也是一部悲壮的民族史诗。

该书由湖南人民出版社出版、发行。

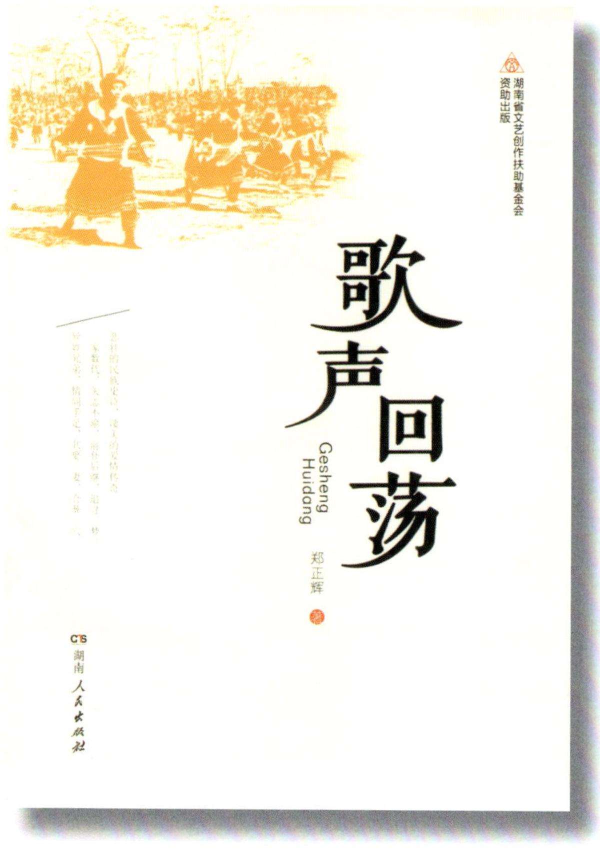

作者简介

郑正辉，男，中国作家协会会员，湖南省作家协会理事，永州市作家协会主席。出版文学作品有长篇小说《对决》《博士生》，长篇纪实文学《我的 1978》，家庭教育专著《“坏”爸爸造就好孩子》等。

扶助曾爱兵赴中央音乐学院进修

湖南省文艺创作扶助基金会扶助曾爱兵去中央音乐学院进修、深造，其创作水平大有提高。多次荣获地市、省部、国家级文艺作品奖，创作了诗歌（歌词）等文艺作品1000多首（部），多部歌曲作品被国家图书馆永久性收藏。

扶助期间，曾爱兵在中央音乐学院参加了“声乐通俗”专业进修班的理论学习，按时完成了学习任务并结业。又参加了“电子音乐作曲”专业进修，按时完成学习并结业。学习期间创作的《中华书画魂》被中国大众音乐协会和“唱响中国——2016首届大型音乐展演盛典”组委会授予“中国歌曲创作十佳（作词）银牌作品”荣誉称号。此外还创作了《饮水思源》《聚焦在爱的旗帜下》《军旗赞》等歌曲。

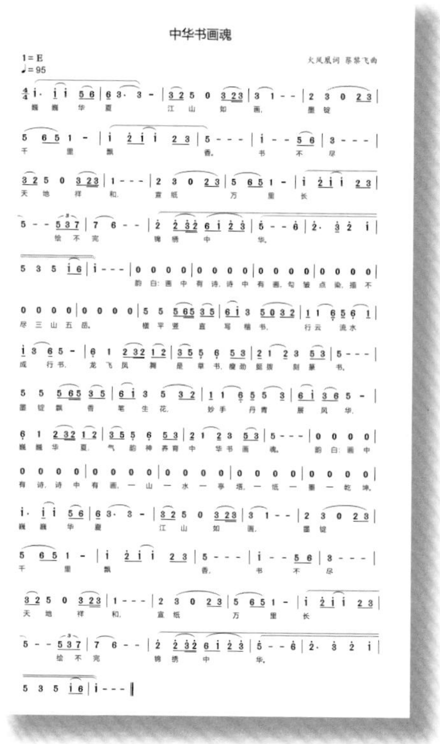

曾爱兵简介

曾爱兵，男，笔名火凤凰，诗人、词曲作家。系中国音乐家协会、中国音乐文学学会、中国音协著作权协会会员、湖南省作家协会会员。其醉心于网络音乐创作，后被湖南省文艺创作扶助基金会选送至中央音乐学院进修，研习电子音乐作曲和声乐通俗唱法及音乐教育与艺术（音乐）审美心理学。

《呼唤》

龙晶晴

2013 年以来，“雾霾”这个词就广泛出现在我们的生活中，蓝天不见了，白云不见了，天地间一片灰色的景象。雾霾正无声无息地笼罩着我们的城市，呼吸的空气受到破坏。保护环境，呼唤蓝天白云是一件人人关注的大事。我们每个人都要从自己做起，为环境保护做一件实事。这就是《呼唤》这个舞蹈的主题思想。

作者简介

龙晶晴，女，中国舞蹈家协会会员，湖南省舞蹈家协会会员，株洲市舞蹈家协会主席，株洲市文化馆馆长、副研究馆员，株洲市政协委员。近年来，负责策划、组织、实施了百余次国家、省、市级大型文化活动。原创舞蹈《从小爱唱花鼓戏》荣获第十届“小荷风采”全国少儿舞蹈展演金奖；《太阳笑啦》参加全国教学成果展演；少儿舞蹈《赶鹅》《焊花》分别获第七届湖南艺术节“最佳作品奖”“优秀作品奖”；《快乐小面师》《走》在2019年“欢乐潇湘”文艺汇演中获得一等奖；《赶着大鹅奔小康》在2020年“欢乐潇湘”文艺汇演中获得“优秀文艺作品”称号。2021年，舞蹈作品《走》首次代表湖南省群文作品角逐第十三届中国舞蹈“荷花奖”。

《鸡咯咯，鸭嘎嘎》

张世敏

扶助张世敏作曲创作歌曲《鸡咯咯，鸭嘎嘎》获 2017 年湖南省“五个一工程”奖。

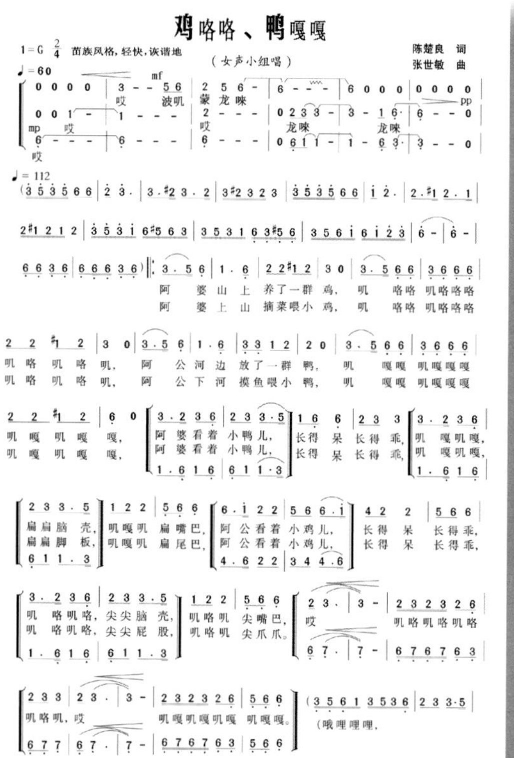

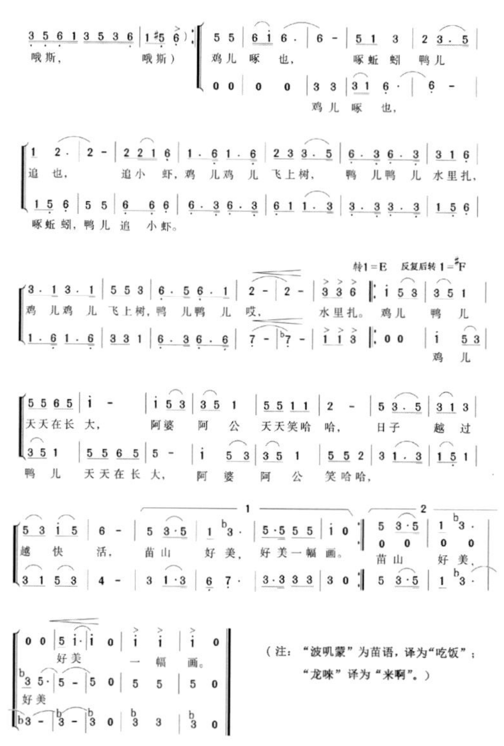

作者简介

张世敏，男，1956 年生，长沙人，中共党员。中国音协会员、湖南省音协创作协会副会长、湖南省群文专业声乐委员会副会长、长沙市舞蹈家协会名誉副主席。歌曲《月亮谣》获 2007 年第八届中国艺术节文化部群星奖；歌曲《簸箕上的麻雀》获 2009 年湖南省“五个一工程”奖；歌曲《山泉》获 2013 年第十届中国艺术节文化部群星奖；歌曲《簸箕上的麻雀》获 2013 年第九届中国音乐金钟奖最佳作品奖；歌曲《幸福酒歌》获 2014 年中国音协“中石化杯”全国征歌金奖；歌曲《鸡咯咯，鸭嘎嘎》获 2017 年湖南省“五个一工程”奖；歌曲《天下稻之源》获中国电视艺术家协会 2018 年中国著名景区 MV 大赛最佳作品奖；歌曲《太阳晒山坡坡》获 2021 年第二届湖南文学艺术奖。

《不朽师魂》

向晏漪

《不朽师魂》是一部描写张家界市乡村基层中心完小校长——共产党员覃东荣献身贫困山区教育的纪实文学作品。作品的主人翁出身贫寒，15 岁在共产党的帮助下发奋读书。走上讲台后，爱生如子，因两次在危难中救学生而致残，行走需要拐杖，因此，人们称他为“拐杖校长”。为不让任何一个贫困学生失学，他拄着拐杖拖着残腿，手脚并用爬遍青山劝学，还在自家极度贫困的情况下收养了 6 个贫困儿童。他廉洁奉公、勤俭治校，创建点体式“德育网络教育”。事迹感人至深，榜样催人奋进。

该书由中国书籍出版社出版、发行。

作者简介

向晏漪，本名覃盟，男，出生于20世纪60年代中期，土家族，湖南张家界人。中共党员，中小学一级教师，从事贫困山区教育三十三年。系湖南省作家协会会员、湖南省报告文学学会会员、编剧。著有短篇报告文学《不朽的师魂》《青山深处一盏灯》《大爱无疆》《编外妈妈》《道德之光》、传记《拐杖校长覃东荣》、长篇报告文学《红烛》、电影文学剧本《拐杖校长》、微电影剧本《东荣校长》等作品。多篇文章荣获全国教育论文一等奖，其中《不朽师魂》荣获第八届全国教师教育科研成果一等奖。

《追梦之路——丁楠自选文集》

丁楠

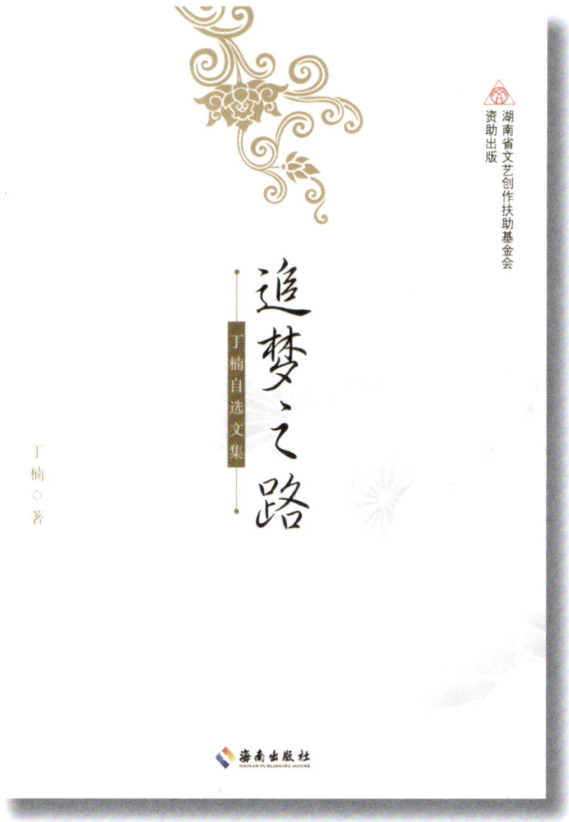

《追梦之路——丁楠自选文集》是作者把几十年来发表的作品进行结集出版，是对过去生活的回顾，是对从事文艺工作经历的一次总结，字里行间反映了作者40余年来文艺追梦的心路历程和创作足迹。

该书由海南出版社出版、发行。

作者简介

丁楠，原名丁步青，男，1942年生，江苏六合人。系中国戏剧家协会会员，曾任湖南省戏剧家协会副主席、秘书长，《戏剧春秋》杂志社主编、社长等职。主编出版《外国独幕剧选》《优秀戏曲剧本选》《广播剧新作选》等作品。出版专著《小戏编剧技巧》，创作了《风尘侠女》《神秘信号》《红烛泪》等6个剧本，发表散文、报告文学20多万字，发表论文、剧评40余篇。

《柳林传》

周健明

周健明与其父亲周立波是中国现当代文坛的父子作家，他们父子俩所创作的反映农村题材的系列作品都充满了湖湘大地的泥土气息。新中国成立以来，三湘大地发生了天翻地覆的变化。这些变化都在他们父子俩即父亲周立波的《山乡巨变》和儿子周健明的《柳林传》中得到了真实的再现与艺术的升华。他们父子俩的作品，就是一部湖南农村社会的发展变迁史，也是一部中国农村社会的发展变迁史。就从农村题材作品这一角度而言，说他们父子俩的作品是史诗般的一点也不为过。尤其是周健明老师已出版的《柳林前传》，更是以其大手笔的宏大叙事和浓厚的乡土气息赢得广大读者的喜爱，在国内外产生了极其深远的影响。这次《柳林前传》和《柳林后传》结集出版，一定会以其作品内在的思想、文化、艺术魅力和感染力，在中国当代文学史上留下浓墨重彩的一笔。

该书由线装书局出版、发行。

作者简介

周健明，男，1931 年生，湖南益阳人。享受国务院政府特殊津贴专家，文学创作一级。曾任湖南省作家协会名誉主席、湖南省文学学会会长、湖南省文联执行主席。

1951 年后担任《湖南文艺》编辑和执行编委。1966 年到湖南师范学院任教。1977 年任湖南省哲学社会科学研究所文学研究室负责人。1980 年被选为湖南省文联副主席，1988 年改任湖南省文联执行主席。

从 1949 年开始写作，出版民间故事集《巧媳妇》、话剧《验收员》、长篇小说《湖边》《柳林前传》《远去的红帆》等。

1961 年后，从事文艺理论研究与教学，其间除参加编写高校教材与辞书以外，还写过现当代文学作品的评论和中国古代文学研究的文章，如《〈水浒传〉札记》《〈姜斋诗话〉浅识》等。同时还以“关于中国诗歌形式问题的探讨”为总题，发表过一系列论文，其中《民歌——诗歌的母亲》一文被选入《三十年中国民间文学论文选》。1988 年创办文艺理论刊物《理论与创作》并兼任主编。

《树影》

崔合美

《树影》是崔合美的又一部散文集。他写作追求“意”，更追求“意境”。他善于学习、善于思考，在多读中读出新意，在多看中看出细致，在多想中悟出深理。“读书多了，明智多了，烦恼少了，快乐多了，才使我总是微笑着看世界，微笑着写文章。”这就是崔合美。《树影》是他散文中的代表作，曾被《青年文摘》选载。在他的笔下，“总之，无论是在阳光里，在月光下，还是在水流中，树影是美的”。

该书由中国书籍出版社出版、发行。

作者简介

崔合美，男，1943年8月生，湖南长沙人。1962年高中毕业应征入伍，后在广州军区政治部任创作员，转业后在湖南省作家协会工作。其创作门类丰富，成果丰硕。先后出版诗集《飞翔的花》、散文集《绿色的太阳》、长篇小说《少年英王》、长篇报告文学《银海弄潮》、科普小品《动物的三十六计》、读史札记《半窗月轩钩沉》等20多本专著。短篇小说《路标》被编入20世纪70年代中期中学语文课本、大学教材，中央人民广播电台配音播出；散文《红珊瑚》被编入20世纪80年代中期小学语文课本及20世纪90年代初全国电视大学教材；短篇小说《最后一班车》被改编后在中央电视台播出，获首届全国优秀电视剧奖；散文《绿色的太阳》被收入《当代散文鉴赏》后，成为2015年湖南普通中学学业水平测试阅读题；长篇朗诵诗《又是清明》在中央电视台播出；有的短诗被译成英、朝、哈萨克文。

《石峰镇》

李运启

《石峰镇》是一部有分量的现实主义作品，对当下的世态人情有着深刻的观察和揭示。该书叙述结构非常巧妙，多头并举却井然有序，突现了作者对故事高超的驾驭能力。小说深刻地反映了现代人在权力与欲望面前的困境和艰难选择：洁身自好则可能怀才不遇，自甘堕落则可能不得善终。其人物形象鲜活生动，人物命运合情合理，反映了作者深厚的生活底蕴和对人性本源的深邃思索，整个作品具有强烈的震撼力和感染力。

该书全方位、多视角、宽领域地反映了当代社会的纷繁复杂以及多姿多彩。小说中充满了理想与现实、坚守与欲望、权力与贪婪、爱情与放纵等各种各样的社会矛盾，读来让人思考、让人回味、让人警醒。这是一部格调高雅、情节曲折、形象鲜明、叙述新颖、语言生动、引人入胜的原创长篇小说，十分好看。

该书由百花洲文艺出版社出版、发行。

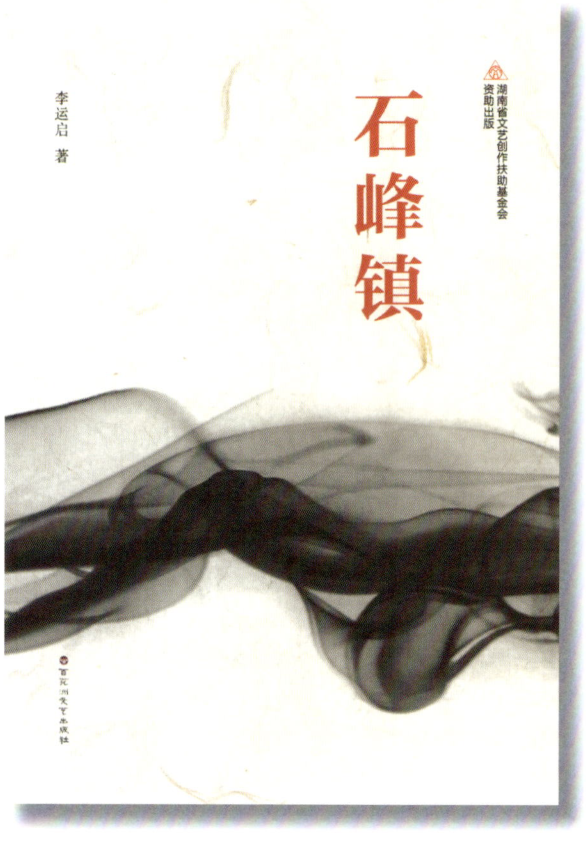

作者简介

李运启，男，湖南湘潭人。湘潭市广播电影电视局原副局长、湘潭电视台新闻频道总监，现任湘潭市文联副主席，知名作家。著有长篇小说《迷途》《湄河纪事》，诗歌《乌镇的忧伤》，编著有《现代儒家读本》《中华优秀文化读本》等书。

《逢二则变——陈羲明书法》

湖南省六合国学书院

《逢二则变——陈羲明书法》收录作者近期创作的篆、隶、真、行、草五体书法作品，还有一些是自作诗词、书法理论、评论文章。本书是作者总结近十年书法创作的成果，有利于传递书法艺术和文化价值。

该书由湖南省六合国学书院编。

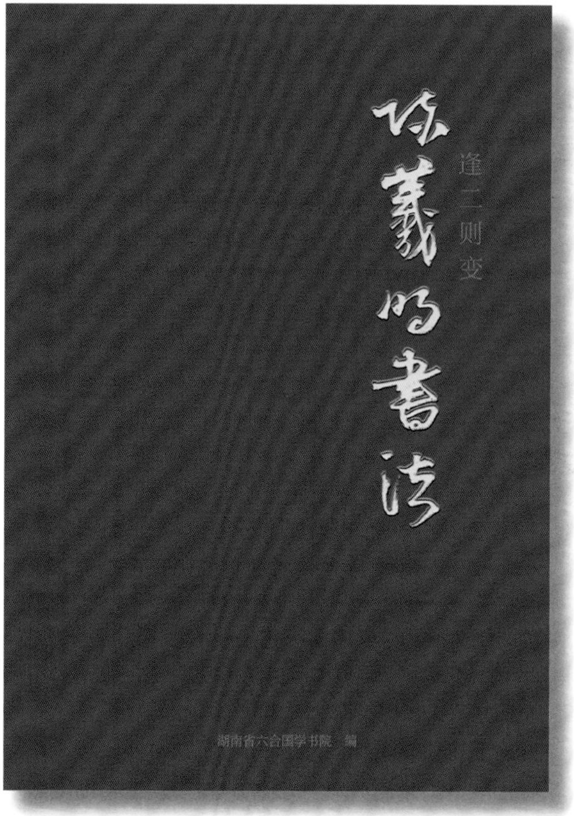

陈羲明简介

陈羲明，男，1955 年出生。中国书协第四、五、六、七届理事，中国书协草书委员会委员，国展评委，享受国务院政府特殊津贴专家，国家一级美术师，中国书协书法培训中心导师，清华大学美术学院书法导师，中国人大徐悲鸿艺术学院书法导师，湖南省六合国学书院院长，湖南省书法家协会第四届、第五届驻会副主席，全国“德艺双馨”书法家，入选湖南首批“五个一批”人才，是首批进入国家档案的艺术名家。

陈羲明书法作品入选《巨匠之光：中日当代书法艺术大展作品选》，被毛泽东故居、刘少奇故居、邓小平故居、毛主席纪念堂、中南海、故宫博物院、中国美术馆等机构及国内外友人珍藏。艺术成就先后被中央电视台、凤凰卫视、《人民日报》、《书法报》、《书法》等数百家媒体做专题报道。

《梅山谣》

伍彦谚

舞蹈《梅山谣》截取“梅山文化”在“莫徭”这一历史横切面来创作，是在仔细甄别、潜心研究基础上进行的。这些作品中融入了梅山田野调查中收集整理的民间舞蹈元素，包括：梅山手诀 177 种、穿坛阵法 16 种、梅山教罡步 11 种，瑶族长鼓舞套路 72 套、苗族接龙舞、七江炭花舞、梅山武术和梅山傩戏等各级各类濒危的非物质文化遗产。在深度挖掘梅山原生态舞蹈元素的基础上，将梅山宝贵的民间艺术搬上舞台，旨在用舞蹈创作的形式，抢救、整理、传承和弘扬中华优秀传统文化中的湖湘文化瑰宝。作品在临摹真实生活场景的同时，或还原民间舞蹈的艺术本真，或将民间舞蹈元素与现代编舞技法相结合，使原始文化在现代意境中再创造。

《梅山谣》着眼于民俗——舞蹈——创作三重视角，立足于研究，着手于创作，使舞蹈文化进行继承式的发展，展现民族文化魅力，发扬民族文化精神，提高民族文化自觉性，为区域民族民间舞蹈研究提供新的研创方法和借鉴。

作者简介

伍彦谚，女，中南大学舞蹈表演专业学科带头人、硕士生导师，在读艺术哲学博士，中国教育学会舞蹈专业研究委员会理事（学术委员会成员），湖南省教育学会舞蹈专业研究委员会副秘书长。曾于北京舞蹈学院编导系深造，从事专业舞蹈教学 22 年，创作作品及指导学生参加各级各类舞蹈比赛获国家级奖励十余次，省部级金银奖百余人次。曾荣立市级二等功一次；荣获湖南省舞蹈考级“特别优秀舞蹈教师”称号，湘版中国舞蹈考级教材考官，湖南艺术类联考舞蹈主考官。

扶助李丹腹语相声创作及演出

腹语和相声有相通之处，腹语表演者通过操作腹语玩偶，并且用腹语为其配音，让腹语玩偶和腹语师对话。其实所有的声音都是腹语师所发出的，表演内容风趣幽默，也有类似于相声的“捧哏”“逗哏”之妙。另外腹语操作、腹语玩偶的形式也极像相声中的“双簧”，相信腹语与相声的结合一定是十分合适的。

腹语表演充满了童趣和想象力，也能让各个年龄层次的人感受到腹语的魅力。

长沙的相声前辈已将长沙方言相声说得红遍三湘，火遍全国，期待李丹的腹语相声也能让表演接地气，受家乡人民的热爱与欢迎。

李丹简介

李丹，男，1984 年出生，中共党员。2008 年毕业于湖南农业大学，2009 年参加工作，进入长沙笑工场青年相声俱乐部表演相声，2010 年兼任长沙市曲艺家协会秘书长，2015 年兼任长沙市曲艺家协会副主席。

2011 年获第二届湖南省曲艺大赛一等奖；2013 年入选湖南省文联文艺人才“三百工程”人才库；2014 年获长沙市文联“2014—2015 长沙市文艺新人奖”；2015 年，长沙市文艺作品重点扶持项目青年版《夺宝熊兵》在湖南大剧院首演，参加湖南国际新锐话剧季获本土票房冠军；2016 年当选为长沙市政协第十二届委员；2017 年获第四届湖南省曲艺大赛金奖；小品《社区群众 110》登上央视第三频道《群英汇》；2018 年作品《迟到》获第十届中国曲艺牡丹奖全国曲艺大赛（合肥赛区）节目奖提名；2018 年相声《我能理解》获第四届湖南省曲艺大赛金奖；汇报演出作品《教子》获中国曲协“深入生活 扎根人民”优秀节目；2019 年群口相声《向酒驾划一个叉》参加第十届北京青年相声艺术节获第三名；2021 年连任长沙市政协第十三届委员。

2017

2017 年湖南省文艺创作扶助基金会扶助项目

《谭谈文集综合卷·晚晴居散笔》

谭谈

谭谈于十年前出版了12卷文集，对自己的文学人生作了一个阶段性总结，决意淡出文坛，告别笔墨情缘。然而，面对文学这个巨大磁场，功成名就的谭谈，难舍文学，十年间又有上百篇或长或短的优秀文章见诸报刊，其中不乏精美散文，于是，便搜集整理出版《谭谈文集综合卷·晚晴居散笔》（即《谭谈文集》第13卷）。在该卷里，或抒情祖国壮美山河，或赞美文坛耀目新人，或记述人间纯洁真情，篇幅短小却见地独具。其中多篇曾入选权威出版机构的年度散文精选，也有多篇文章在国内重要文学评奖中获奖。

该书由湖南文艺出版社出版、发行。

作者简介

谭谈，男，1944年出生于湖南涟源，中共党员，中共十三大、十五大代表，曾任中共湖南省委候补委员、委员，中国作家协会第六、七、八届副主席，中国作家协会名誉副主席。1995年，当选湖南省文联主席。作品《山道弯弯》获全国1981—1982年优秀中篇小说奖，长篇小说《风雨山中路》《山野情》获中国首届乌金奖，长篇自传体文学《人生路弯弯》获全国第四届青年读物优秀图书奖，中篇小说《山雾散春》《你留下一支什么歌》获全国首届、第二届乌金奖。2002年被评为湖南省首批优秀专家。

《风云林伯渠》

尹德立

林伯渠被称为“延安五老”之一，他为新中国的建立夙兴夜寐，奔波不息。1949年10月1日他站在天安门城楼，庄严主持全世界瞩目的中华人民共和国开国大典。作为一位职业革命家，林伯渠资历尤深，初心不改，始终坚定，堪称中国革命征途上一个红色路标。扶助出版《风云林伯渠》，对于后人认识了解林伯渠革命的一生，认识了解新中国的建立来之不易，对于今天开展的“不忘初心、牢记使命”主题教育有很好的教育启示作用。

该书由线装书局出版、发行。

作者简介

尹德立，男，湖南临澧人，中学高级教师，中共党员，湖南省作家协会会员，临澧县作家协会主席，县政协第五、六、七、八届委员，林伯渠研究会会员。出版有《中国文学史中学生读本》《校园文学与高中生人格培养》《人格是这样炼成的》等教育教学专著，长篇小说《燃烧的月亮》《血沃玫瑰》和中短篇小说集《歌殇》等，其中《燃烧的月亮》获第五届丁玲文学奖。

《湖南当代戏剧简史》

尹伯康

《湖南当代戏剧简史》的资料力求真实可靠，数据力求准确无误。为了写好这本书，作者查阅了大量有关湖南当代戏剧工作、戏剧活动的资料，并对各种资料逐一进行对比、甄别，找有关同志进行核实，去伪存真。同时，在写法上也区别于纯记事性的志书，取材与行文生动形象，大大增强了书稿的可读性，并对一些艺术问题加以论述，阐明见解，增强了该书的学术价值。该书分为4篇15章。第一篇历史篇：分改革创新、恢复发展、振兴拼搏三个时期。第二篇事业篇：分组织机构的建立、专业剧团的兴衰、演出场所的发展、戏剧演出的起落、艺术教育的变革等五章。第三篇艺术篇：主要介绍戏剧剧种、编创、舞台艺术、优秀剧目、戏剧研究等方面共五章。第四篇人物篇：介绍优秀戏剧工作者和名演员。

该书由中国戏剧出版社出版、发行。

作者简介

尹伯康，男，1928 年生，湖南邵阳人。中共党员，中国民主同盟湖南省直文化总支原副主席、中国戏剧家协会会员、湖南省艺术研究院副研究员。曾任湖南省文工团演员、湖南省戏曲工作室史料组和剧目组副组长、邵东县文工队副队长。1957 年开始研究戏曲艺术，20 世纪 80 年代从事戏剧史志编撰工作，为《中国戏曲志·湖南卷》编委兼部类编辑负责人、《湖南地方剧种志》丛书副主编兼《祁剧志》副主编。个人编撰了《湖南戏曲史探》《湖南戏剧史纲》《湖南当代戏剧大事记》《祁剧简史》《戏曲演出艺术散论》《祁阳戏舞台艺术》《尹氏戏文拾遗》等戏剧专著，撰写的各类戏剧文稿共 300 余万字。

《曲艺老兵六十年——周安礼作品自选集》

周安礼

周安礼是湖南省新时期曲艺创作的代表人物之一。《曲艺老兵六十年——周安礼作品自选集》是他从事曲艺工作六十年的总结。编入该书的作品其目录共分为三个部分：曲唱类 14 篇、语言类 13 篇和理论类 9 篇。其主要特点是语言通俗、生动、明快， 是一本能给广大老百姓带来欢笑和快乐的曲艺好书。

该书由中国戏剧出版社出版、发行。

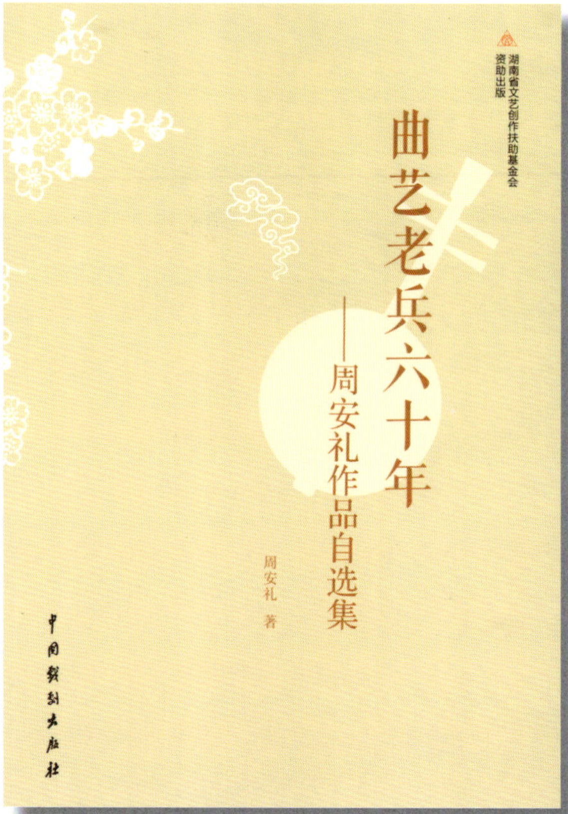

作者简介

周安礼，男，1933年2月生，湖南长沙人，中共党员，著名曲艺作家。曾任《文艺生活》副主编、中国曲艺家协会理事、湖南省曲艺家协会副主席、湖南省相声研究会会长。1953年开始曲艺创作，创作的作品经专业演员演出或各级报刊公开发表的有100多篇。主要代表作有：长沙弹词《奇缘记》，单人锣鼓说唱《打狗的风波》，对口相声《闯新路》《我是110》，单口相声《办点奇闻》，湖北大鼓《“喜鹊”放哨》等。撰有《相声创作浅谈》《中长篇评书创作谈》等曲艺理论专文、专著。其艺术生平被收入《中国文艺家传集》《中国当代艺术界名人录》《中国曲艺家名人录》《湖南当代文艺家传略》《相声大词典》等书中。

《沈从文的文学观》

马新亚

马新亚对沈从文研究是下了很大的功夫的。她阅读广，梳理细，参透明，思悟敏，且文字朴实、明朗、清丽、流畅。虽然多是引证、议论、概括、综述，但亦不乏自己的独到见解和亮点、美点聚焦。本书着重阐述了沈丛文的人学思想，描述分析了沈从文关于生命活力和生命个性、人与自然的契合、哲学展现上的价值意义、人的诗意存在、审美与人的灵魂净化、人学观与国家民族观之间的对应关系与具体问题，不仅较为全面地展现了沈从文对于人的问题的多方面思考，而且提升了沈从文文学作品的思想品格。

该书由河南文艺出版社出版、发行。

作者简介

马新亚，女，1977 年 7 月出生于河南南阳。文学博士，研究方向为中国现当代文学。现为湖南省文联文艺创作与研究中心助理研究员。在《民族文学研究》《南方文坛》《湖南师范大学学报》《中国文学研究》等刊物发表论文 20 余篇，其中部分篇目被《中国人民大学复印报刊资料·中国现代、当代文学研究》《新华文摘》全文转载或论点摘编。主持省级课题“人学视域下的沈从文思想研究”。

《家国情怀录》

管群华

《家国情怀录》分为上下两卷。上卷为诗词作品选，共分为八个篇目，即《励志篇·风华正茂》《激情篇·纵情歌唱》《宏愿篇·祖国礼赞》《喜庆篇·天伦之乐》《圆梦篇·今夜圆梦》《感叹篇·春秋十载》《抒怀篇·六十抒怀》《寄语篇·马年寄语》。下卷为歌词作品选。又分为上下两篇，上篇为：歌词集锦，激情奔放。第一乐章·中华脊梁，第二乐章·和谐乐章，第三乐章·湘江礼赞，第四乐章·旖旎风光，第五乐章·奋发图强，第六乐章·幸福吉祥，第七乐章·健康成长。下篇为：歌声悠扬，琴瑟和鸣。这些作品有的已被众多作曲家谱曲，并公开演唱，获得广大音乐工作者的一致好评。

该书由百花洲文艺出版社出版、发行。

作者简介

管群华，男，1952 年生，湖南祁东人，大学文化。曾任湖南省文联党组成员、主席团委员、副厅级纪检员、省企（事）业文联常务副主席、省文联机关党委书记、高级政工师等职。系中国作家协会会员、湖南省作家协会会员、湖南省书法家协会理事、湖南省企事业书协副主席。曾于 2006 年、2011 年两次出席全国文代会。

自中学发表作品以来，已在省级以上报刊发表理论文章、通讯、散文、诗词等 300 多篇（首）。歌词《中华民族精神礼赞》《有一种精神》《共创美好未来》等 20 多首被评为全省或全国歌曲征集比赛一、二、三等奖。组织并主编出版了《精神文明大家谈》《千年之交的感悟与思考》等 4 本文集。已出版 40 余万字的长篇小说《秋雾濛濛》（合著），26 万字的理论专著《机关党的建设理论与实践》，40 多万字的诗词作品《长河回望》《江山多娇》，20 多万字的歌词作品《岁月如歌》，30 万字的散文集《文坛艺苑十春秋》等著作。

《漂》

赵竹青

《漂》描写的是隐山的陈、潘、安三家后代小石、文英、安琥的故事。他们三人是从小学到高中的同学。小石、文英两人暗生情愫，安琥也暗恋着文英。高考前夕，文英因母亲去世而辍学；小石顺利考入大学，一对恋人遭父母拆散。小石大学毕业后工作屡屡失意。安琥不满足于在家门口开石灰窑厂，去沿海发展；文英因弟弟在外面打工也随后南下，两人异地相逢。一段跌宕起伏的故事由此展开……

小说提示了当代中国社会变迁过程中精神的漂流无根状态，反映了以主人公为代表的一批书中人物在义与利、善与恶、传统与现代之间的纠缠、分化的社会现实，对人性和人的灵魂进行了深刻探索。

该书由九州出版社出版、发行。

作者简介

赵竹青，男，生于湘潭。现为中国作家协会会员、湖南小说学会理事、湘潭市作家协会副主席。著有中短篇小说集《舞红》《坏轨》。曾获中国报纸副刊金奖和地方政府文艺成果奖，中篇小说《火车头》入围第六届鲁迅文学奖。

《毛边的月亮》

袁姣素

袁姣素的散文写故乡、写亲情、写爱情、写友情，也写生命、写时代、写困惑及思考，温暖美好，飘逸空灵，真诚朴素，丰沛细腻，深厚广博。在她的作品中，月亮的意象颇为彰显，把唯美的月亮、相思的月亮、孤独的月亮、抒情的月亮、人情的月亮、生活的月亮和哲学的月亮都汇聚在一起。读她的散文，如徜徉在月亮之河里，安静似莲，月华如水，让我们身处繁复喧嚣的世界变得月亮般安详、博大、明亮而有力量。

该书由中国书籍出版社出版、发行。

作者简介

袁姣素，女，湖南邵阳人。中国散文学会会员，中国诗歌学会会员，湖南省作家协会会员。

在《星星》《山东文学》《湖南文学》《边疆文学》《鸭绿江》《西部》《创作与评论》《散文百家》《散文诗》《绿风》《椰城》《佛山文艺》《战士文艺》《文艺报》《天津日报》《湖南日报》《甘肃日报》等报刊发表作品200余篇。

著有长篇小说《我是一个兵》、中短篇小说集《飞翔的嗥叫》、诗集《素爱》《风动》《月亮的指痕》等。有作品被《新阅读》转载、被《中华文学选刊》作佳作点评，选入《中学生每日一读》《中国年度优秀诗歌2015卷》《中国当代微散文精品》等选本。获《人民文学》征文奖、全国鲁藜诗歌奖三等奖、第三届"潇湘杯"网络文学创作大赛三等奖、《西北军事文学》年度优秀作品奖等。

《说唱丝弦——原创曲艺作品选》

徐泽鹏

《说唱丝弦——原创曲艺作品选》收集了徐泽鹏历年来创作的曲艺和戏剧作品：有唱到联合国教科文总部和法国的《说唱丝弦》《陈毅拜师》《马马嘟嘟骑》《每逢佳节倍思亲》《当兵的人》《四美吟》等现代和古代的丝弦作品。

《说唱丝弦》，阅过百珍，洋洋洒洒，辛勤耕耘。丝弦叮叮，天籁之声；说唱艺术，诲人谆谆。从者鱼贯，不乏精英。丝弦是徐泽鹏的家乡常德的名片。他为丝弦的传承和发展辛勤耕耘，力作迭呈，作出了可喜可赞的贡献。

该书由中国戏剧出版社出版、发行。

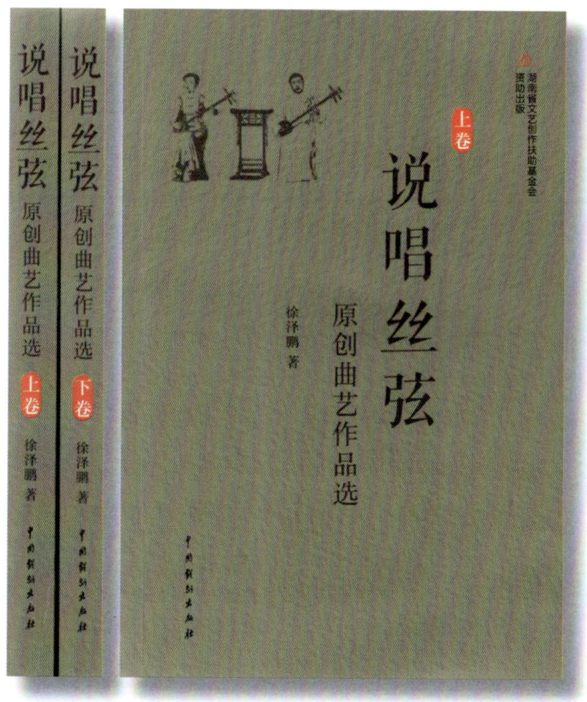

作者简介

徐泽鹏，男，1947 年生，湖南常德人，中共党员。系中国曲艺家协会会员、湖南省作家协会会员、常德市曲艺家协会名誉副主席、常德市戏剧家协会副主席，现为常德市武陵区文化馆退休干部，曾任中国民主促进会常德市委员会第二、三、四届委员，政协常德市委员会第二、三、四届委员。从事群文工作 40 多年，创作了大量常德丝弦和戏剧小品。有不少作品获全国、全省曲艺奖、优秀剧本奖和丁玲文学奖。著有《湖南曲艺创作与研究·徐泽鹏通俗小说选》，长篇小说《善卷传奇》，纪实文学《风雨人生》《大爱人生》等。

《踏歌追梦》

陈元贵

《踏歌追梦》是一本由歌词作家陈元贵用他的歌喉，将古人、今人对大湘西美丽与神奇赞美融为一体的书。他将个人与群体的情怀连接并延绵到一起，像永不断流的滔滔沅江。作者是以乐手、演员身份走进文艺旅途的，他精美的词作又让我们看到他光彩的另一面，愿这本书能给人们带来对大湘西更多的遐想。

该书由线装书局出版、发行。

作者简介

陈元贵，男，1947年生于湘西。当过知青，做过演员，干过乐手，搞过创作，也从事过文化行政管理工作。系中国音乐家协会会员、中国音乐文学学会会员。由于对音乐的爱好与工作实践，陈元贵与歌词结下了不解之缘，所创作的歌词常见各级报刊，其中一些歌词被歌唱家搬上舞台、荧屏，并获得过国家、省级的各类奖项。

《孤独的灯光：姜贻斌中篇小说集》

姜贻斌

《孤独的灯光：姜贻斌中篇小说集》是一部关于女人的情感教科书。城乡女人的孤独、痛苦、快乐、纠结以及勇敢，在书中可见一斑。

该书由湖南文艺出版社出版、发行。

作者简介

姜贻斌，男，1954 年 6 月生，湖南邵阳武冈人，当过知青、矿工、教师、编辑。系中国作家协会会员、湖南省作家协会原副主席，现为湖南省作家协会名誉主席。

著有长篇小说《火鲤鱼》《左邻右舍》《酒歌》、小说集《窑祭》《白雨》《追星家族》《黑夜》《最高奖赏》《女人不回头》等多种著作。

《开国名将甘泗淇李贞伉俪传》

彭可平 易凤葵等

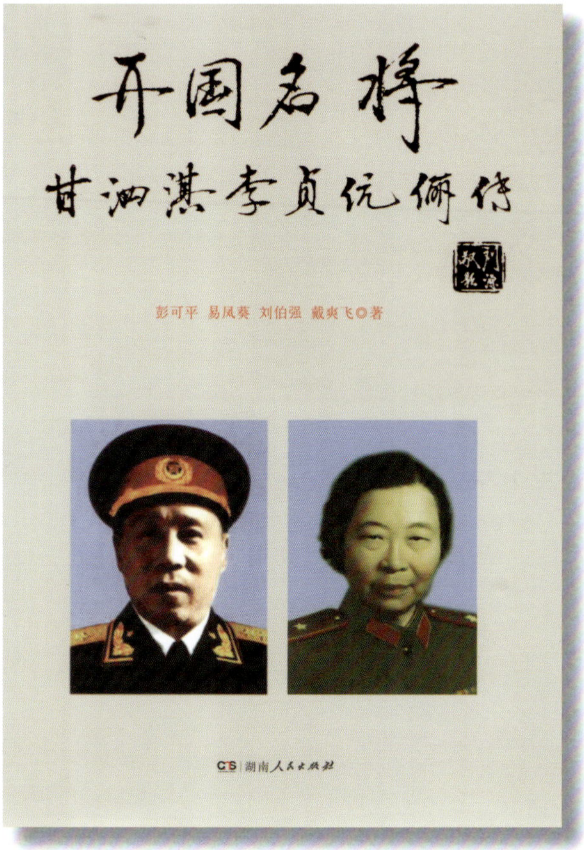

甘泗淇、李贞是我党、我军唯一的新中国开国将军伉俪。本书作者历时数年，收集了大量史料，介绍了甘泗淇从宁乡大沩山下的一个放牛娃成长为新中国上将，李贞从浏阳大围山下一名童养媳成长为新中国开国唯一女将军的非凡历程以及他们为了一个共同目标，相知、相爱，互敬、互让的大爱人生。

战与火、爱与恨、血与泪、生与死，将军伉俪身经百战、出生入死。他们的一生，充满传奇，彪炳史册。走进将军伉俪不同凡响的激情岁月和他们的精神世界，读者能够感受到那个时代的脉搏和那代人的风范。书中的一些史料和照片由将军伉俪亲属提供，有的系首次公开发表。

该书由湖南人民出版社出版、发行。

作者简介

彭可平，男，1952 年 4 月生，湖南宁乡市人，研究生学历，中共党员。曾任宁乡县人民政府副县长兼县教委主任，中共宁乡县委常委、组织部部长、县委副书记兼政法委书记和刘少奇纪念馆馆长、党支部书记，长沙市计划生育委员会主任、党组书记，中共长沙县委书记兼长沙经济技术开发区党工委书记、县人民武装部党委第一书记，长沙高新技术产业开发区党工委书记，长沙市人大常委会副主任、顾问、正厅级干部。爱好书法和写作，与易凤葵等合作出版《开国名将甘泗淇李贞伉俪传》等人物传记。

易凤葵，男，1949 年生，汉族，湖南宁乡市人，中共党员，大学文化，经济师。1988 年 3 月至 1996 年 12 月任宁乡县副县长，后为长沙市乡镇企业局党委书记、局长，长沙市中小企业协会会长，长沙市作家协会副主席，长沙市第十二届人大代表，湖南省第九届人大代表。

政务之余已出版长篇人物传记、电影文学剧本、散文集等十余部。主要作品有《回首总依依》《谢觉哉》《1961・苦日子——刘少奇秘密回乡记》《刘少奇与故乡》《何叔衡和他的儿女们》《陶峙岳将军》等。其中《谢觉哉》获全国党史人物研究优秀成果奖，《刘少奇与故乡》获长沙市第五届优秀文艺创作奖，电影文学剧本《刘少奇的四十四天》获长沙市第四届优秀文艺创作奖。主编过多部文集。2001 年被评为农业部“全国乡镇企业优秀管理工作者”。

《人民文学：道路选择与价值承载》

聂茂

《中国经验与文学湘军发展研究书系》共 7 部专著、300 余万字，作者十年磨一剑，立足世界文学，对包括文学湘军在内的中国作家在历史进程中书写和记录中国人民伟大实践的优秀作品进行总结和阐释，充分展示新时期以来中国作家的心路历程、艺术追求和理想情怀。作为该书系之一——《人民文学：道路选择与价值承载》一书，综合运用社会学、民族学、文艺学和传播学等多种方法，深入分析韩少功、孙健忠、残雪、王跃文等人的代表作品、人物形象及创作者的责任与担当，总结新时期以来人民文学的书写特征和创作规律，探讨应该怎样认识和表现颇具中国特色的地域文化之时代意义，彰显文学湘军在道路选择和价值承载中丰富多彩的精神世界，为文化自信背景下如何讲好中国故事、如何建立健康有序的文学批评提供了新的研究视角。

该书由中南大学出版社出版、发行。

作者简介

聂茂，男，湖南祁东人。中南大学湖南红色文化创作与传播研究中心主任、文学与新闻传播学院教授、博士生导师，东莞理工学院“杰出人才”岗位特聘教授。中国作家协会会员，中国文艺评论家协会会员，国家社科基金通讯评委、国家社科基金重大项目成果鉴定专家，教育部学位中心评审专家、教育部人文社科成果鉴定专家，鲁迅文学奖评委，湖南省小说学会副会长等。已在《文学评论》《南方文坛》《人民日报》《光明日报》等发表文学评论 130 余篇，被《中国社会科学文摘》《高等学校文科学术文摘》和中国人民大学报刊复印资料全文或观点摘要 10 余篇（次）。主持国家重大文化工程项目 1 项、国家社科基金项目 3 项（含重点 1 项）、教育部人文社科基金 1 项、湖南省社科基金重大项目等省部级项目 10 项（含重大 2 项）。曾获中国文联文艺评论二等奖等。2018 年推出 7 大卷、300 余万字《中国经验与文学湘军发展研究书系》，“中国经验的文学表达”获国家社科基金中华学术外译项目立项。2021 年出版 5 大卷 170 余万字《21 世纪都市文化跨学科研究书系》。从 1991 年至 1998 年连续 8 年在《人民文学》上发表文学作品，曾获湖南省青年文学奖，全国报纸副刊金奖和《人民文学》创刊 45 周年（1949—1994）优秀散文奖。2019 年推出万行长诗《共和国英雄》，在社会上引起巨大反响，多部作品被译介到国外。

《风吹过梅山》

李定新

《风吹过梅山》是李定新的第二本诗集，收录了他近十年来在全国各地主要文学期刊发表的诗歌作品。这些诗作包含了湘中大梅山地区风情独特而古老神秘的文化元素，既融入了作者对古老文明文化形态的深沉思考，又呈现了地域性、民族性和时代感三者之间碰撞平衡的灵感火花。表现手法上承续了他一贯细腻、隐忍且情感饱满真挚的写作风格，特色明显，可读性强。

该书由百花文艺出版社出版、发行。

作者简介

李定新，男，笔名乐冲。系湖南省作家协会会员、毛泽东文学院中青年作家研讨班第 11 期学员。湖南省第八次作家代表大会代表。作品散见于《湖南文学》《星星诗刊》《西部》《诗林》《散文诗》《湖南日报》等报刊，多次获诗歌项奖励。诗作收入《新时期 30 年湖南文学精品典藏》及各类诗歌年选等专集，有诗歌被译成英、俄、罗马尼亚等文字。著有诗集《灵魂的村庄》《风吹过梅山》。

《张步真文集》

张步真

《张步真文集》共有九卷：第一卷，文林耕耘；第二卷，短篇小说；第三卷，中篇小说；第四卷，散文；第五卷，报告文学（《魂系青山》《突围》）；第六卷，文化散文（《江湖之远》）；第七卷，乡土文学（《桑梓地》）；第八卷，纪实文学（《亲家》《故园行》）；第九卷，文学传记（《渴望真话——刘少奇在 1961》）。

该书由南方出版社、湘F图书联袂出版。

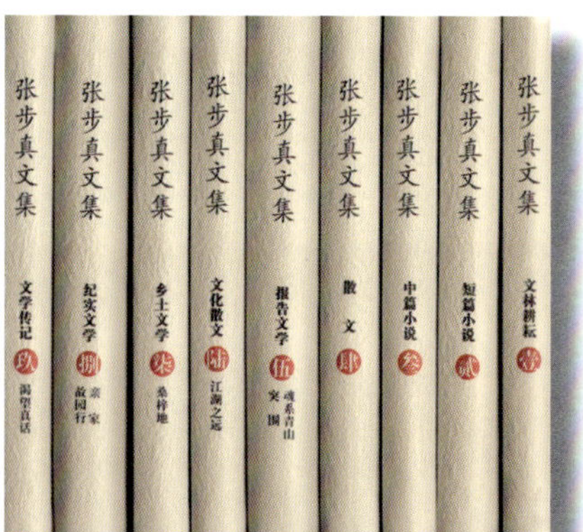

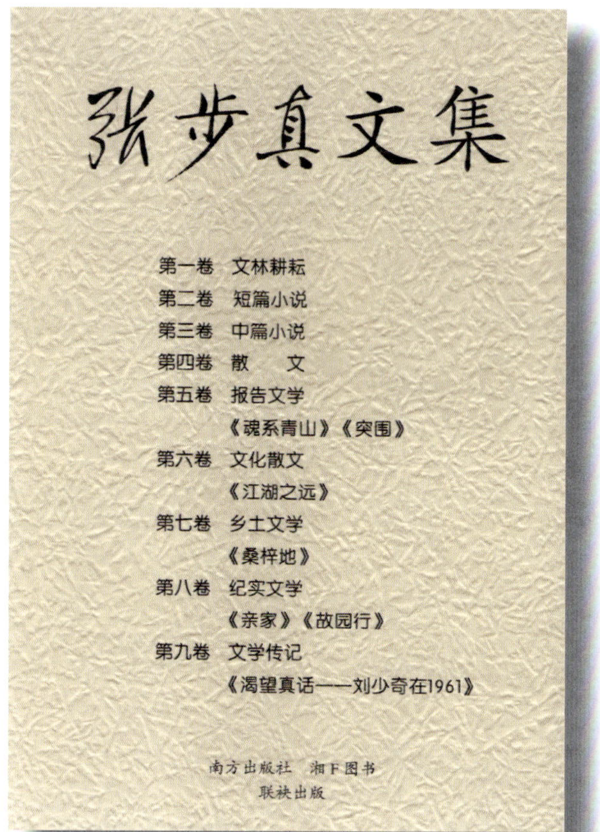

作者简介

张步真，男，1937 年生，湘潭韶山峡口坝人。1959 年 2 月开始发表文学作品，1964 年加入湖南省作家协会，1982 年加入中国作家协会。早年致力于农村题材的中短篇小说创作，也曾尝试报告文学和非虚构文学，近年专注“与洞庭湖结缘的历史文化名人系列散文”的写作。

扶助浏阳市举办欧阳予倩艺术节

欧阳予倩是我国新兴话剧的创始人之一，戏剧改革的先驱者。为了将欧阳予倩的戏剧艺术发扬光大，浏阳市人民政府已主办了两届欧阳予倩艺术节，反响很好。今年是第三届，湘赣边界的修水县、上栗县、万载县、平江县都派话剧团演出，热闹非凡，艺术气氛越来越浓，基金会遵循宗旨，予以大力支持。

欧阳予倩简介

欧阳予倩，男，1889年出生于湖南浏阳，是从浏阳这块红色土地上走出的中国著名戏剧家、教育家，戏剧电影编导，中国话剧的创始人，中央戏剧学院的创始人。历任中央戏剧学院院长，中国文联第一届常委和第二、三届副主席等职。其艺术成就蜚声中外，“南欧北梅”的美誉就是对欧阳予倩和梅兰芳戏剧艺术成就的高度评价。出版有《欧阳予倩文集》《欧阳予倩戏剧作品选》《欧阳予倩戏剧论文集》。

扶助刘田心赴中央音乐学院进修

湖南省文艺创作扶助基金会选送刘田心去北京中央音乐学院进修，对培养造就音乐新人，促进湖南文艺事业的繁荣发展，具有不同凡响的意义。

通过进修深造，刘田心的创作水平又跃上了新台阶。

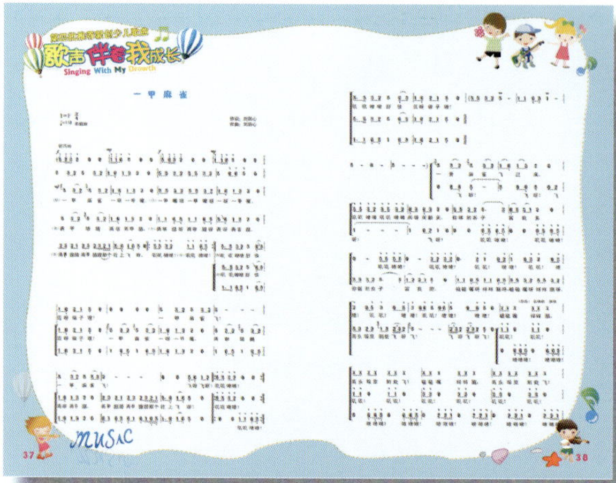

刘田心简介

刘田心，女，衡阳市文化馆副馆长、研究馆员。中国音乐家协会会员，中国音乐著作权协会会员，中国文化馆协会音乐创作委员会第一、二届委员，湖南省艺术专家库(作曲类)专家，湖南省群众文化系列高级职称评委，湖南省音协少儿音乐学会副会长，衡阳市音乐家协会副主席，入选衡阳市“五个一批”人才和高层次人才名单。

创作的作品多次获国家、省市奖项。主要作品有歌曲《一甲麻雀》《阳光》《快乐奔跑》、器乐曲古筝二重奏《一塘莲花》等。获得 2016 年度国家艺术基金小作品项目资助、第十届 CCTV 少儿艺术大赛儿童组金奖、中国音协在中央电视台演播厅现场直播的首届“全国优秀流行歌曲创作大赛”入选作品提名奖、全国群星奖作品纪念奖、湖南省文联第三届原创民族器乐优秀作品奖。作品入选文化部“歌声伴着我成长”第四批全国新创少儿歌曲，被文化部指定为第七、八、九届中国少年儿童合唱节必唱曲目之一，有“湖北天空”等 11 个合唱团在合唱节上演唱。在第六届新加坡国际合唱节上，作品由新加坡合唱团与深圳五彩石合唱团共同演唱，获得了国际影响。

《我的爹娘》

邹华春

祁东渔鼓《我的爹娘》内容提要：残疾人阳一民、秀珠夫妇，在极为恶劣的自然条件下，凭着自己的勤劳与执着，付出比常人多出十倍甚至上百倍的艰辛与努力，将儿子阳天池抚养成才，其中的酸甜苦辣不是一般人能够体会得到的。功成名就的阳天池理应接得双亲于自己身边，晨昏定省，孝顺爹娘。叹世俗偏见、人心难测、人言可畏，看着渐渐衰老、远在大山深处的父母，他心似油煎，度日如年。父母撕心裂肺的哀求与跪拜让他欲认却不能，欲孝还遮掩。阳天池纠结、痛苦、无奈、迷茫。一次偶然的机会让妻子得知实情，她毅然将天池父母接到身边，让二老乐享天伦。此剧详细讲述了一些贫困家庭，特别是身为残疾人的父母抚养儿女的艰难与不易，也从侧面反映出了现实生活中存在的一些不良社会现象，讴歌了伟大无私的父母爱。呼吁人们孝顺父母，赶在当下，莫留遗憾，弘扬孝老爱亲的中华民族传统美德。

作者简介

邹华春，男，艺名仔仔华，湖南祁东县人。自幼喜爱文艺，十六岁考入湖南省冷水滩市（今冷水滩区）祁剧团主攻丑行。十八岁改行学唱地花灯，二十三岁师从曲艺名匠陈春元渔鼓表演至今。

2000 年任祁东县曲协副主席；2004 年任湖南省曲协会员、祁东县曲协常务副主席；2009 年中国曲协会员；2012 年任湖南省曲协副主席、祁东县曲协主席；2017 年湖南渔鼓省级代表性传承人；2018 年第十二届湖南省政协委员、祁东县政协常委。两次荣获衡阳市委、市政府举办的文艺汇演金奖，分别荣获省委宣传部、省委政法委举办的全省文艺汇演一等奖，两次荣获中国曲艺之乡曲艺大赛银奖，四次蝉联中国中部六省曲艺大赛一等奖和一个中国曲艺奖。2014 年 10 月，中国曲协授予他争创中国曲艺之乡先进工作者光荣称号。2016 年 2 月，祁东县曲协被评为全国优秀基层曲协组织。2017 年 4 月，他被评为全国先进曲艺工作者。先后受到时任中宣部部长刘奇葆与省委书记周强的亲切接见并合影留念。

《等抖玛》

郑海燕

由湖南省文艺创作扶助基金会扶助、郑海燕编排的少儿侗族舞蹈《等抖玛》荣获全国“小荷风采”第十届“小荷之星”金奖。

《等抖玛》（一起来）是为新农村少儿舞蹈美育工程乡村学生量身打造的侗族舞蹈。根据山里孩子们喜欢念唱童谣、歌谣这一特点，用童谣编创出适合孩子们的侗族民间舞蹈。童谣节奏、芦笙唱谱，从孩子们嘴里唱出来别具一格，耐听有味，芦笙步伐在他们的童谣中律动、哆吔曲调在孩子的舞蹈中唱响，一起来！一起来！我们大家一起来。抓住孩子们喜爱念唱这一特点， 让音乐用童谣、歌谣作为舞蹈音乐主题，贯穿舞蹈音乐节奏、用侗语及汉语交替念唱，在唱念中舞蹈，在舞蹈中念唱，体现孩子们的欢唱、喜悦高兴的场景。

一起来，一起来，你来、我来、大家来，来了就高兴。高兴你就来，来了就要唱、唱了就要跳，高兴、高兴、高兴，开心、开心、开心，童谣伴舞蹈，舞蹈伴童谣，笑在童谣中，乐在舞蹈里……

作者简介

郑海燕，女，怀化市艺术馆副研究馆员。曾任怀化市艺术馆副馆长，怀化市舞蹈家协会主席。系中国舞蹈家协会会员、中国舞蹈家协会中国舞考官、湖南舞蹈家协会理事、湖南省艺术专家委员会委员、怀化市舞蹈家协会名誉主席，入选湖南省文艺人才扶持“三百工程”文艺家人才库。从事舞蹈专业40余年，创作舞蹈作品30余件。多年来致力于研究创作侗族舞蹈。多次担任大型实景演出、民俗歌舞、大型活动开幕式、主题展演活动总策划、总导演。《爬窗口》获文化部繁荣奖，《咯啰打打》获评文化部群星奖优秀节目、全国第二届少数民族运动会银奖并到日本参加世界博览会展演。少儿舞蹈《呀啰吔》《等抖玛》分别获全国“小荷风采”第五届和第十届“小荷之星”金奖。《哇威威》获湖南省第六届少数民族文艺调演金奖。《侗家咯啰》纳入中国民族民间舞蹈考级教材。大型侗族原创歌舞《哆嘎哆吔》获湖南省第二届艺术节田汉新剧目奖、优秀导演奖，大型实景演出《坐妹》号称广西旅游节目中最受欢迎的之一。曾两次获得湖南省政府一等功，并获得怀化市高科技人员光荣称号、怀化市“德艺双馨”艺术家光荣称号、怀化市特别荣誉奖。

扶助王蓓赴北京舞蹈学院进修

湖南省文艺创作扶助基金会扶助王蓓去北京舞蹈学院进修现代舞编导专业。通过进修，王蓓的编导水平大有提高。

2018 年王蓓执导的跨界融合杂技剧《加油吧，少年！》获得第十四届精神文明建设“五个一工程”奖，同年编排的《荷韵——单手顶》在乌克兰国际杂技大赛中获金奖和导演奖；2020 年 12 月 参加第五届上海国际杂技教育论坛，展示了执导的新杂技《向往事打个招呼》。

2021 年任《青春还有另外一个名字》执行导演；2021 年执导的《小夫妻》在深圳的全国大赛中获得中国杂技界最高奖项“金菊奖”。

王蓓简介

王蓓，男，1990 年毕业于湖南省艺术学校，之后在湖南省杂技团（现湖南省杂技艺术剧院有限责任公司）工作至今。

1988 年主演的《抖杠》《地圈》获“新苗杯”全国杂技大赛银奖；1990 年主演的《双排椅》获第三届中南区杂技大赛一等奖；2000 年主演的《四杆腾飞》获蒙特卡洛银小丑奖；2014 年创作并执导的《欢乐节日》《森林奇境》参加了第三、第四届长沙市动物狂欢节；2015 年在大型杂技剧《梦之旅》中饰演主角“少年”，获得第五届湖南艺术节“田汉特别奖”和“田汉个人表演奖”。

湘绣作品《复兴之梦》

邬建美

湘绣作品《复兴之梦》是用我国“四大名绣”之一的湘绣刺绣创作的。“皿方罍”“虎食人卣”等都是中国商代晚期的青铜器珍品，特别是“皿方罍”，我省不惜代价将宝物买回湖南。“虎食人卣”是商代的盛酒器，仅存的两件都流入国外，一件藏于法国巴黎市立东方美术馆，一件藏于日本泉屋博物馆。该创作就是用湘绣的表现形式来填补这一器物的空缺。我们创作的《后母戊鼎》被中国国家博物馆收藏，《四羊方尊》被珍藏于国家文物局，《人面方鼎》《龙虎尊》等青铜器系列作品在中国文联《百花迎春》节目中展示。创作完成后的湖南湘绣精品力作《复兴之梦》将在国家博物馆和中国文联及保利集团进行宣传展示，共同营造湘绣艺术创新氛围，打造湖南湘绣品牌。

作者简介

邬建美，女，高级工艺美术师，中国工艺美术大师、文化名家暨“四个一批”人才，中国十佳民间艺人，中国民间文艺家协会理事，中国非物质文化遗产保护协会刺绣专业委员会委员，中国工艺美术学会刺绣专业委员会理事、委员，湖南省民间文艺家协会副主席。曾数十次出任国家级、省级高级工艺美术师和省工艺美术大师及博览会专家评委。2016 年应邀参加中国文代会，被中国文联和中国民协推荐参加中国文代会的联欢晚会，并在大合唱闭幕式中受到了习近平总书记的接见且合影。

《湘赣风云》

刘定南

《湘赣风云》（41 集电视剧）以自同盟会成立后第一次大规模的萍浏醴起义为背景，颂扬 1906 年 12 月 4 日在湘赣边境爆发的由同盟会策划和领导、会党首领龚春台指挥，以会党民众为基础的、旨在推翻帝制，实现共和为理想的一次大规模民众革命。这次革命展示了民众反帝反封建的壮举，敲响了清王朝覆灭的丧钟，5 年后终于爆发了辛亥革命，民主共和取得了胜利。无独有偶，20 年后，在这片有着光荣传统的土地上，爆发了毛泽东领导的秋收起义。史学家认为，同盟会领导的萍浏醴起义和毛泽东领导的秋收起义是湘赣两省人民的骄傲，是中国近现代史上两大壮举。

作者简介

刘定南，男，1969 年 10 月生，湖南攸县人。自由创作作家，中华诗词楹联协会会员、湖南省电影家协会会员。参加过 2018 年湖南省第二期戏剧电影电视剧高级研修班的学习。主要编写创作了《三十三年国破》《湘赣风云》《财神娘娘》《红军魂》等多部电视剧，有 200 多篇短篇小说发表在省、市刊物上。

扶助向水英赴中国画院进修

向水英是异军突起的中青年女画家，她以工笔形式刻画少数民族女性人物，作品多次参加省展和全国性展览并获奖，是一位实力派工笔人物画家。《向水英工笔人物画》集中展示了她近年来的代表性作品。她笔下的民族人物，生动活泼，千姿百态，尤其是苗族、土家族女性人物，画出了深厚的生活情态和艺术创意，达到了至真至美的艺术效果。

扶助向水英去中国画院进修学习后，她的艺术创作水平大有提高。

向水英简介

向水英，女，土家族，系中国美术家协会会员、湖南省美术家协会理事、湖南省文艺志愿者协会理事、湖南省工笔画学会理事、湖南省教师发展委员会书法学会常务理事、湘西自治州美术家协会主席、湘西自治州书画工艺美术研究院专职画家。其创作的作品多次在全国美术作品展览中获奖、入选，并被各类机构及藏家收藏。

扶助董兵赴北京摄影函授学院进修

董兵在北京摄影函授学院进修两次后的成果：

1. 作为策展人之一，组织、策划了2020“中国·张家界”首届世界遗产摄影大展，《空中舞者》《天门山冬雪》两幅作品在大展中展出；参与组织、策划2022“中国·张家界”第二届世界遗产摄影大展。

2. 作品《茅岩河》入选湖南省庆祝中国共产党成立100周年大型展览。

北京摄影函授学院

结业证书

董兵

于2021年10月16日至2021年10月22日，参加北京摄影函授学院举办的第九期摄影策展人研修班，顺利完成本次课程学习。

特颁此证。

北京摄影函授学院

2021年10月22日

学　　号：400212209

身份证号：433102196709090030

北京摄影函授学院

结业证书

董兵

于2019年11月23日至2019年11月26日，参加北京摄影函授学院举办的第二期解读力·图片编辑工作坊，顺利完成本次课程学习。

特颁此证。

北京摄影函授学院

2019年11月26日

学　　号：400192140

身份证号：433102196709090030

董兵简介

董兵 ，男，苗族，中共党员，1967 年 9 月生，张家界市人。系中国摄影家协会会员，中国摄影著作权协会地市副首席代表，湖南省摄影家协会会员、张家界市摄影家协会副主席兼秘书长、张家界市美术家协会副主席。被评为 2011 年度湖南省摄影家协会“优秀会员”；2013 年、2014 年连续两年荣获湖南省摄影家协会颁发的“突出贡献奖”；2017 年被张家界市委组织部等五家单位授予首批“旅游文化名家”称号；2021 年被市委宣传部纳入本土文艺人才专家库；张家界市政协第八届委员会委员。

主要成果：

1.《空中舞者》入选第 26 届全国摄影艺术展。

2.《凌空翻滚》荣获第 18 届湖南省摄影艺术展铜奖。

3.《激战端午》荣获边城・凤凰全球摄影擂台赛银奖。

4.《雨夜老屋场》荣获中国武陵源全国风光摄影大赛铜奖。

5.《袁家界风光》系列摄影作品被编入全国大中专园林专业辅导教材丛书（科学技术文献出版社）。

6.《茅岩河》入选湖南省庆祝中国共产党成立 100 周年大型展览。

7. 作为策展人之一，策划了 2020“中国・张家界”首届世界遗产摄影大展；参与策划举办 2022“中国・张家界”第二届世界遗产摄影大展。

2019

2019 年湖南省文艺创作扶助基金会扶助项目

《旷世蜕变：从农家到贵族文化世家——湖南巡抚陈宝箴家族百年秘史》

龙永文

本书呈现了陈氏家族在由农家到官家再到贵族文化世家的过程，其中有许多鲜为人知的传奇，有灿烂辉煌的经历，有颠沛流离的迁徙生活，有使人无法理解的痛苦。他们在传承中国文化、创造文化、发展文化的奇特经历中创造着传奇，这是他们家族的百年秘史。这是中国近代贵族文化世家的倾力佳作，这个家族有最激动人心的传奇，是最具正能量的家族，强势文化的发展者。陈宝箴家族文化的大突围，是百年中国思想文化的大突围；陈宝箴贵族文化世家的痛苦，是中国近代思想文化的痛苦。

该书由江西高校出版社出版、发行。

作者简介

龙永文，男，1964年生，笔名夏长阳，苗族作家、文化学者。曾任《雪峰》文学杂志社社长、主编，湖南省文联《茶馆》杂志编辑，《楚风》杂志执行主编，《新故事》执行主编，湖南省苗学会《五溪》杂志社执行主编，《怀化文学》杂志主编，《湖南文艺六十年·民间文艺卷》副主编，任怀化市民间文艺家协会主席。2011年当选湖南省民间文艺家协会副主席，入选湖南省文艺人才专家库，曾担纲湖南省第一届文艺大奖评委、湖南省文艺人才扶持"三百工程"文艺人才库评委、湖南省第一届民间文艺奖评委。先后在《民族文学》《芙蓉》《绿洲》《小说天地》《南方周末》等文学报刊发表中短篇小说、散文150多万字，出版长篇小说《魔咒苹果粥》《奔腾的河流》《红色寓言》《爱情二十年》及长篇文化散文、传记文学《走进五溪大湘西》《夜郎词典》《我的千年湘西——大湘西地理文化解读》《天地心灯——残疾人企业家陈波传》《灯下书城——夏长阳序跋集》等20部大书，600万字，主编过《怀化老街》《怀化传统村落》等。现为湖南省民间文艺家协会顾问、怀化市民间文艺家协会名誉主席、怀化市文艺评论家协会副主席。

《襟怀集》

舟挥帆

《襟怀集》是一部多体裁多样式的文学、书法集，涵盖“家国情深”“古今吟咏”“华夏行吟”“感事抒怀”“历史回声”“诗海探骊”“楹联辑存”“长评短论”“丛谈序跋”“书法荟萃”十辑。篇什取材于历史的今昔、社会的巨变和大众的生活。诗、文、书法表现出宽广的怀抱、真善美的情操、刚劲的风骨，洋溢着炽热的爱国主义精神，具有颇强的感染力。在艺术特征和风格上，无论是吟咏、描绘，还是叙事，或评说，或书写，有的细腻，有的雄浑，有的激越，有的奔放，有的浪漫。系列诗文书法不乏读者、诗家、评论家的关注和评论。

该书由百花洲文艺出版社出版、发行。

作者简介

舟挥帆，即鲁钊、拓今楼主，男，1937 年生，湖南衡阳人。诗人、作家、书法家。系《理论与创作》首任执行主编、《中国诗歌年鉴》编委、中华诗词艺术家联合会副会长。编辑出版《韶山的路》《长岛人歌》《洞庭朝晖》等 36 部有影响的文学读物。著有《舟挥帆诗选》《拓今楼诗词》《湖湘文丛·爝火集》(含诗词卷、现代汉诗卷、小说散文卷、译文卷)、中篇小说《脱下龙袍的皇帝》《译注评析金瓶梅诗选》《舟挥帆经典作品集》《拓今楼书帖(挥帆真迹)》等。曾获中国当代文学学会云冈杯文学奖、首届华夏世纪杯诗歌大赛金奖、首届李杜杯世界汉诗大赛特等奖、首届中华魂全国现代汉诗大赛一等奖。有诗被译成英、法、意、俄、阿拉伯、越南等多种文字。书法作品曾获首届“火炬杯”中国书法大赛金奖，“羲之杯”全国书法大赛一等奖，联合国总部当代中国艺术名家精品展书法金奖。

《谭嗣同》

彭晓玲

长篇历史小说《谭嗣同》从谭嗣同回浏阳葬仲兄谭嗣襄起笔，写到光绪二十四年四月，谭嗣同得到徐致靖保举进京觐见，只身进京赴任，如赴火飞蛾般慷慨地奔赴变法前沿为止。全书分上中下三卷，共计 62 章，85 万余字，力争全景式地展现晚清社会急剧变化的时代背景下，谭嗣同迅速成长为维新变法勇士，并为变法慷慨献身的伟大的生命历程。既塑造了谭嗣同作为时代勇士的光辉形象，更展现了梁启超、唐才常、陈宝箴、熊希龄等一批晚清知识分子的爱国志士群像。

作为一个传统文人，谭嗣同一开始听从父命，不得不南北应试。但甲午战争失败后，丧权辱国的《马关条约》给他巨大的冲击，使他认识到中国再不改革，便有亡国的危险。从此，他和梁启超、吴樵、唐才常、熊希龄等一批年轻人，满怀爱国激情，研读西学，冲破封建保守势力，努力探索救国救民的道路，迅速成长，走在时代的前列，积极参与北京、上海、武汉、长沙等地办报办学等维新变法的事业。光绪二十四年正月，谭嗣同辞官回湘参与新政，即全身心投入新政事务，参与时务学堂的教学，参与南学会的开办和讲学，参与《湘报》的开办和撰写文稿等等，掀起了湖南维新运动蓬勃发展的大潮。但维新变法的道路上布满艰难险阻，守旧势力布满朝廷上下，光绪皇帝掀起百日维新宣告失败，谭嗣同等戊戌六君子血洒菜市口，晚清王朝从此朝着灭亡的道路上急驰而去。

该书由山东文艺出版社出版、发行。

作者简介

彭晓玲，实名彭晓琳，女，湖南浏阳人。系中国作家协会会员、鲁迅文学院十四届高研班学员、湖南省作协全委会委员、湖南省散文学会副会长、湖南报告文学学会副会长、东莞文学艺术院第五届签约作家、浏阳市文联副主席（兼）。有作品曾发表于《中国作家》《散文》《长城》《清明》《湖南文学》《湘江文艺》《文艺报》《文学报》等报刊，曾出版散文集《红石头的舞蹈》《挂在城市上空的忧伤》《苍茫潇湘》《寻访谭嗣同》，地域文化散文《民歌婉转浏阳》《浏阳非遗》（上），短小说集《谁来疼惜你》，长篇小说《血色围山》（与人合作），长篇纪实《空巢：乡村留守老人生活现状启示录》等；曾获第六届冰心散文奖、湖南省第十届优秀社科读物奖、2020 年三季度 9 种“湘版好书”及 2021 年第三十届“东丽杯”孙犁散文奖之“东丽文学奖”。

《乡间流淌是真情》

徐喜德

《乡间流淌是真情》一书是作者出于对扶贫工作的支持与热爱，花了近一年时间，深入乡村农户、田间地头，与驻村帮扶队员同吃同住，全面深度采访优秀扶贫队员，客观真实地记录他们震撼人心的事迹、感天动地的故事。作者先后几十次去平江、湘阴、汨罗、华容、临湘、岳阳县等六县四区的乡村，历尽千辛万苦，收集了大量的一手材料，利用工作之余，完成了这本有温度、有情感的纪实作品，把 40 位优秀扶贫干部代表的风采呈现在广大读者面前。浩瀚的洞庭湖承载着的不仅是忧乐文化，也传承着经久不息、绵绵不断的人间真情。

该书由百花洲文艺出版社出版、发行。

作者简介

徐喜德，男，1965年6月生，湖南岳阳人。当过农民、工人、经理、厂长、记者、文书、局长，现供职于湖南省岳阳市文联。先后在省级以上报刊发表《月光下的浮飘》《女人药方》《死亡约定》《雨中来客》《遗产》《初读湘西》《刀尖上的等待》《城里来的“钻山豹”》等小说、散文、报告文学30余篇，曾由湖南人民出版社出版长篇小说《蟹黄》。

《我的奶娘叫李小妹》

熊立秀

《我的奶娘叫李小妹》一书分风景篇，内有 25 篇散文；纪实篇，内有 20 篇散文；亲情篇，内有 17 篇散文。全书共收编 62 篇文章，28.7 万字。这些优美文字是熊立秀多年从事文学创作的结晶，有些已公开发表，有些还未与读者见面。品读这些文章，文字优美、描述生动，给读者带来美的感受。

该书由百花洲文艺出版社出版、发行。

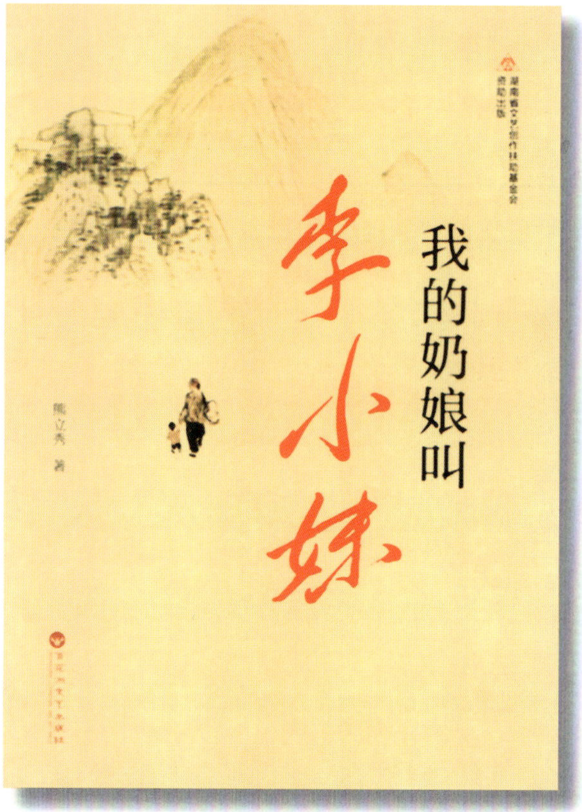

作者简介

熊立秀，女，湖南慈利人，毛泽东文学院作家班第六期学员、中国作协网络文学学会会员、湖南省作家协会会员、湖南省报告文学学会理事。曾在湖南人民出版社出版长篇报告文学《伤口》，在全国文学期刊公开发表各类文学作品 200 万字。

《田野的回声》

李长廷

《田野的回声》是作者近年来以“自然之眼观物，以自然之舌言情”的一部中短篇选集。清一色的农村题材，具有浓郁的潇湘地域文化色彩，不仅追求文字上的鲜活朴实，而且紧扣时代脉搏，极力从各个角度表现新时代农民的精神面貌。此本选集一定程度上体现了作者对生活的一些新的思索，给读者留下了很多乡村的记忆。

该书由百花洲文艺出版社出版、发行。

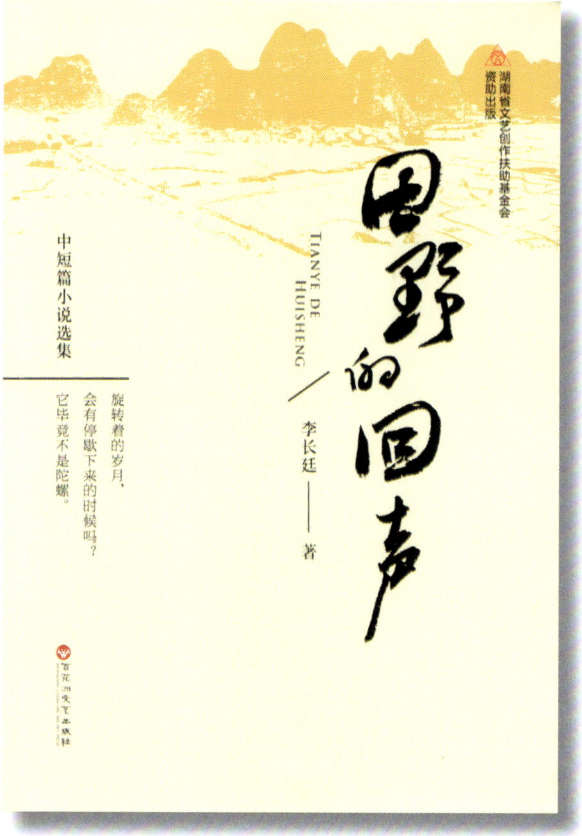

作者简介

李长廷，男，1940 年生，永州市宁远县人，永州市文联原主席。1970 年开始发表文学作品，涉猎诗歌、散文、小说、戏剧、曲艺等多个领域的创作，已出版《苍山·野水·故事》《山居随笔》《文艺湘军百家文库 红叶方阵》(李长廷卷)及长篇小说《南行志异》。

《向本贵文学作品选》

向本贵

作者从出版发表的800万字的作品中选出223.6万字编辑成《向本贵文学作品选》一书，其中收录的均为获奖、转载和有影响的重点作品。如：长篇小说《苍山如海》共33.2万字，湖南文艺出版社1997年出版，获中宣部“五个一工程”奖，全国少数民族文学创作骏马奖；《凤凰台》共42万字，花城出版社2004年出版，入选花城文库；《盘龙埠》29万字，海峡文艺出版社1999年出版，获华东地区优秀文艺图书二等奖，《遍地黄金》作家出版社2001年出版；《乡村档案》长江文艺出版社2005年出版，入选九头鸟文库等。

作者简介

向本贵，男，1947 年 4 月生，苗族。中国作家协会会员，曾任中国作协全委会委员、全国少数民族骏马奖评委、湖南省政协委员、湖南省文联副主席、怀化市作协主席。从事文学创作四十年，已出版长篇小说 9 部，中短篇小说 200 部（篇）。长篇小说《苍山如海》获中宣部“五个一工程”奖、全国少数民族文学创作骏马奖，中篇小说《这方水土》获全国少数民族文学创作骏马奖，长篇小说《盘龙埠》获华东地区优秀文艺图书二等奖。

《艺海观涛》

林澎

本书由文论卷、诗歌卷、书法卷三卷合编而成，内容涵盖了文、论、诗、书等四类，是作者艺术创作成果一次比较完整的展示。

文论卷以文学批评和散文散论文章为主，兼收读书札记及观影、观视、观展感言等文章。思想深刻，见解独到；论点鲜明，说理清透；篇幅短小，给人启示。

诗歌卷以新诗作品为主，兼收旧体诗词仿习作品，故又名《今风古韵》。诗作高歌时代，赞叹自然；精神饱满，激情澎湃；意境深远，韵味悠长。

书法卷由名人佳句和自撰两部分组成，诗书一体，相得益彰。

该书由线装书局出版、发行。

作者简介

林澎，又名凌鹏，江苏泗洪人。北京大学本科毕业、文学学士，中国作协文学讲习所（鲁迅文学院前身）第七期编辑评论班学员。湖南省文联文艺理论研究室原主任，湖南省评论家协会副主席、名誉主席，湖南省文联委员。湖南省文艺创作五十年评论集《文艺湘军大阅兵》主编，《百家文库》评论方阵副主编，全国毛泽东文艺思想研究会常务理事。中国作家协会会员、中国报告文学学会会员、文学创作一级、湖南省作家协会会员、湖南省书法家协会会员、湖南省文化交流协会学术顾问，入选湖南省文艺人才扶持“三百工程”文艺家人才库。2010 年由湖南省人民政府聘为湖南省文史研究馆馆员。

有理论专著、诗集、文论集问世，并获国家广电总局全国影评征文二等奖，湖南省政府诗歌创作奖。

《中国作家大辞典》《湖南当代作家大辞典》均有词条收入。

《铁血壮歌》

戴伦喜

湘西自古以来名人辈出，其中以武将居多。《铁血壮歌》一书是作者用了半年的时间，深入乡村、城镇实地考察和搜集民间对筸军和苗疆义军的典型人、典型事，以及种种传说和评话后，根据文学创作不同于写史记、传记的区别和文学创作源于生活又高于生活，内容情节既要合乎客观事物的存在及发展变化规律，又要创造生动活泼、丰富多彩的感人艺术形象的要求。本书在内容和情节的构成里，对史实事件有的在原型原貌基础上进行了着色加料、拓展塑造，这样，使事件的现场环境、面貌特点，特别是战争环境和战场景况显得更加复杂和变化无穷，厮杀场面的惨烈和残酷程度更加突出，也为本书中的历史故事增添了不少新的色彩。

该书由民主与建设出版社出版、发行。

作者简介

戴伦喜，男，1942 年生，湖南凤凰人，初中文化，中共党员，1959 年参加中国人民解放军，历任战士，班长，连部文书，营部书记，师、军作训参谋，师作训科长，副团长，师副参谋长，参谋长等职。先后毕业于汉口高级步兵学校，北京高等军事学院。参加过援越抗美作战，1979 年对越自卫反击作战时，亲自参与组织指挥陆军第 163 师主攻同登、谅山。1985 年转业，先后在怀化市（地区）任交通局党组书记、局长，2002 年退休。利用业余时间创作的《步兵班侦察》《峰回路转》分别被拍成电影、电视剧，长篇纪实文学《疆埸碧血——陆军 163 师 79 年越战实录》在香港出版后深受读者好评。长篇军事小说《铁血壮歌》已于 2018 年 7 月出版发行。

扶助《一代传人》出版

常德市鼎城区文化体育广电新闻出版局

《一代传人》一书分“热情关怀”“光辉岁月”“人物传记”“专家评价”“媒体聚焦”“戏剧之恋”“学生感怀”“传承经典”“曲目”“后记”10个部分，把出身梨园世家、常德市花鼓戏代表性传承人杨建娥数十年如一日坚守艺术之道，扮演了100多个角色，执导了150多个剧（节）目，带过一批又一批学生，把常德丝弦唱到法国罗浮宫，唱到联合国总部，一一记录成书。

该书由团结出版社出版、发行。

杨建娥简介

杨建娥，女，1945 年 5 月生，常德市桃源县人。中国戏剧家协会会员、湖南省导演学会会员，国家二级导演，2008 年被授予国家非物质文化遗产项目常德花鼓戏代表性传承人荣誉称号。

导演的常德丝弦《瓜中情》《待挂的金匾》《特别新娘》分别获全国首届、第七届、第十一届文化部金奖、导演奖。《生在潇湘多自豪》《枕头风》荣获中国曲艺最高奖“牡丹奖”，并获中国文明委、文化部四进社区金奖。《新婚之夜》获中央电视台、中国文联、文化部等联合举办的十大企业文艺汇演金奖。还有《花特俏》等十余个节目获全国、全省各类奖项。

《陈耀戏剧音乐作品选集》

陈耀 陈珊珊

戏曲是中华民族文化的瑰宝之一，它有三百多个姓氏，代表着各个剧种的生命脉络，任凭我们在戏曲音乐艺术领域里进行多元化、多形式、多层次的探索。

《陈耀戏剧音乐作品选集》包含了“古装戏”41 个选段和“现代戏”43 个选段。这 84 个选段都是陈耀谱写的曲目。他从事花鼓戏事业 50 年，坚持不懈地刻苦钻研技术，大量地吸收湖南花鼓戏、地花鼓锣鼓棚子、民间音乐等素材，借鉴兄弟剧种的演奏特点和技巧，充实丰富了自己的作曲和演奏，深受专家和民间艺术界同行的高度赞赏、肯定和好评。

作者简介

陈耀，男，湖南长沙人。中国戏剧家协会会员，中国音乐家协会会员，中国民族管弦乐学会会员，中国胡琴专业委员会会员，国家一级演奏员、音乐家、戏剧作曲家，文化部社会艺术水平考级高级考官，湖南省戏剧家协会副主席，湖南省戏曲音乐艺术委员会会长，湖南省戏曲音乐专业委员会副会长兼秘书长，湖南省民族音乐表演艺术委员会名誉会长，湖南省花鼓戏艺术研究会艺术总监，湖南省大筒艺术委员会会长，湖南省大筒艺术研究会会长，湖南省大筒专业委员会名誉会长、湖南艺术职业学院客座教授，湖南省艺术专家委员会委员，湖南省艺术系列高级专业技术职务任职资格评审委员会评委，入选湖南省文艺人才扶持“三百工程”文艺家。创作花鼓剧大小剧目音乐近 200 首，主奏大筒达 200 多个剧目，曾获文化部“文华奖”、中国戏剧“梅花奖”、全国影视“飞天奖”等奖项 30 多项。著作有《陈耀戏曲音乐选集》等。

《比海更深》

黄河

《比海更深》是以退役老兵姜开斌为人物原型，还原了2018年他因台风危及国家重点实验平台，在危难之时挺身而出，义无反顾地接受了国家的召唤，最终壮烈牺牲的真实事迹。他用生命践行了一个共产党员许党报国的一片忠诚和“随时准备为党和人民牺牲一切”的初心和誓言。

作者简介

黄河，男，1968 年 10 月出生，编辑。

2005 年独立制片 22 集电视连续剧《铁色高原》，于同年 12 月 24 日在央视第一频道黄金段作为央视年度压轴大片震撼播出，获中宣部第十届全国精神文明建设“五个一工程”奖、第十三届中国电视金鹰奖“优秀电视剧”提名奖。

2006 年独立制片的电影《他们的船》，是中宣部向十七大召开献礼的重点国产影片，获第十一届上海国际电影节“最佳环保电影奖”和电影频道“最具潜力女演员”奖。

2008 年独立导演的电影《我是花下肥泥巴》，是中宣部为新中国成立六十周年献礼的重点国产影片，获第十三届中国电影华表奖“优秀故事片”“优秀编剧”“优秀男演员”“优秀新人女演员”等四项提名奖、第二十七届中国电影金鸡奖“最佳导演处女作”“最佳男演员”等两项提名奖、重庆市精神文明建设“五个一工程”奖。

2011 年独立导演电影《指尖太阳》，是中宣部迎接党的十八大重点国产影片，获第十五届中国电影华表奖“优秀儿童影片”提名奖、第二十九届中国电影金鸡奖“最佳儿童影片”提名奖，入围第十八届美国洛杉矶国际家庭电影节主竞赛单元和第十六届上海国际电影节“亚洲新人奖”竞赛单元，获重庆市和海南省精神文明建设“五个一工程”奖。

2015 年独立导演的电影《决不姑息》获湖南省和广东省精神文明建设“五个一工程”奖。

《微笑前行》

蒋勇

小品《微笑前行》根据湖南好人汤俊杰真人真事改编而来，讲述主人公小谭夜里送家族老前辈进城教化不道德的同族中人，不料途中遇酒汉碰瓷。小谭立刻要将酒汉送往医院，酒汉一心想捞钱。幸有老长辈机智应对，用报警逼得酒汉道出原因。因女儿手术费无法支付，酒汉就心生投机取巧的恶念。抱怨世界不公，对社会有贡献的却如此不幸。小谭好心开导，面对生活要保持微笑，道出自己全家残疾仍然充满正能量，一方面原因是得到了政府的帮助，另一方面原因是受到了良好家庭的影响。小谭决定启用自己的九九公益基金帮忙醉汉女儿治疗，酒汉感动不已，决心与他们一样做一个对社会有用的人。

作者简介

蒋勇，艺名尚勇，男，1989 年 1 月生。湖南省曲艺家协会会员、天心区新青年曲艺团团长、长沙市曲艺家协会理事、开福区曲艺家协会秘书长、开福区文联委员、槟榔宝团队创始人之一、撮把子系列喜剧创始人之一、红星曲艺传承社成员。

2009 年加入曲艺行业，拜师于芦克宁先生。双簧表演《劝君莫做瘾君子》获湖南省禁毒大赛金奖；相声表演《如此捧逗》获省曲艺大赛二等奖；编写的小品《新编武松打虎》获“轨道杯”廉政大赛金奖和最佳人气奖；编写、演出的小品《路在脚下》获长沙市安全生产汇演大赛语言类金奖；编写的小品《平常夜》获长沙市 2017 年度优秀作品。在琴岛演艺中心驻过场，与《越策越开心》签约合作过，接受过湖南经视、湖南娱乐、湖南政法频道的专访，参与过《一家老小看奥运》《湘音湘韵》的编剧工作，录制过《火星情报局》《一家老小看奥运》《逗吧逗把街》《我要演剧》《我是站神》《幸福账单》等电视栏目。

扶助张青渠中国京剧人物画作品进京展

在众多中国民间戏曲艺术的基础上发展起来的中国京剧艺术，有着悠久的历史，它优美的唱段、华丽的服饰、忠孝爱国的主题和抑恶扬善的剧情，深受中国广大民众的欢迎和喜爱。京剧艺术与中国画也有着渊远的历史根源，近当代大师级画家关良把京剧人物画推向了辉煌。至今全国有不少中国画家从事京剧人物画的研究和创作，上海还成立了中国戏曲画研究会。张青渠十多年前开始从事京剧人物画的研究和创作，他重视造型的精准性，既有工写结合的严谨，又有传统笔墨情趣的意象表达，与当代的多数京剧人物画家拉开了距离，体现了其独特的艺术风格和追求，给人以古典与当代相得益彰的审美享受。

张青渠简介

张青渠（1944—2022），号半方楼主，男，祖籍河南偃师。1970 年毕业于广州美术学院。中国美术家协会会员、中国书法家协会会员、中央文史研究馆书画院研究员、湖南省文史研究馆馆员、湖南美术出版社编审、美仑艺术研究院专职研究员、北京湖社画会会员、湖南省中国画学会顾问、湖南省画院特聘画师、湖南金石书画院院长，曾任湖南省省直书画家协会主席、长沙市美术家协会副主席。

出版有《张青渠国画作品精选》、《写意古典人物画技法》、《张青渠作品集》（半方楼诗文）、《张青渠中国人物画作品集》、《张青渠作品集》（中国京剧人物画）等。其国画、书法作品多次参加国内外大展并获奖。作品先后在《人民日报》《光明日报》《美术报》《美术》《国画家》《荣宝斋》等报刊发表，并被多国艺术机构及个人收藏。传略录入《中国美术词典》《现代中日美术通鉴》《世界华人文学艺术界名人录》《世界美术家传》《世界华人美术名家书画集》及中国书画网、雅昌艺术网等。

扶助刘广文隶书展

煤矿工人出身的刘广文，主攻隶书35年，在学书过程中，发扬“挖好一口井”“烧开一壶水”的精神，孜孜不倦地浸淫、师法、研习、创意于汉碑清隶，融会于篆楷行草，诗文影画中，获益匪浅。这次展出的作品，一半是他自撰诗文，其中《中国书法之歌》情韵盎然，引人入胜。

刘广文的隶书作品气象正大，具有浓郁的时代气息和个人面貌，称赞评语如云。中国书协原副主席李铎称道：“独具风采的隶书，充满诗意的境界。”谭谈在展览开幕式致辞说：“煤矿养育了刘广文，刘广文像一块燃烧的煤。”鄢福初在展览序言中写道：“既能写多种风格味道的结体精巧的小隶书，亦能榜书变形、夸张、幽默，别出心裁，饶有新意，自成面貌，殊为不易……”

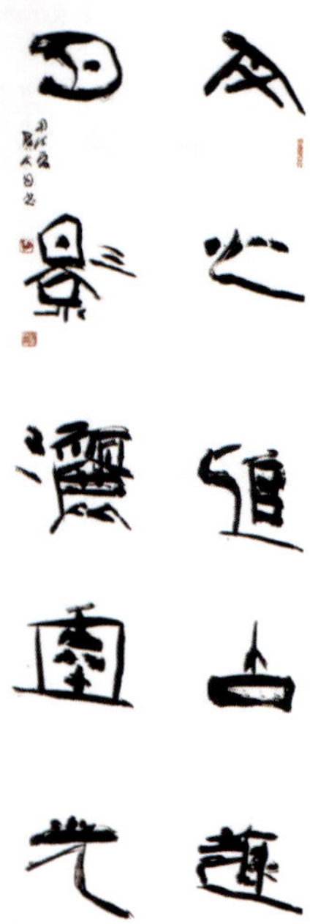

刘广文简介

刘广文（号简堂、古川），男，1957年出生于湖南涟源。1974年顶职于金竹山煤矿，1988年加入中国书法家协会，1998年在湖南长沙从事文艺报刊编辑、记者和文化活动的组织策划工作，担任过省级文艺报刊的副总编辑和总编辑。系中国书法家协会行业发展委员会委员、湖南省书法家协会副主席兼隶书委员会主任。2009年在北京中国美术馆举办“刘广文隶书展”，湖南美术出版社出版了《刘广文隶书》大型专集。

《省文联老文艺家诗、书、画、摄影作品集》

《省文联老文艺家诗、书、画、摄影作品集》收集作品 90 件，分四个部分：一、诗词类作品 18 件，字里行间礼赞祖国；二、美术类作品 25 件，色彩纷呈描绘祖国的大好河山；三、书法类作品 36 件，翰墨飘香讴歌新时代；四、摄影类作品 11 件，万千气象令人骄傲陶醉。展览讴歌新中国成立以来所取得的丰功伟绩，描绘当代中国的精神图谱。特别是 92 岁高龄的范正明同志还满怀深情地写了一篇《难忘那金秋时节》的散文，回忆起了 1949 年在长沙迎接解放、庆祝新中国成立的盛大场面。

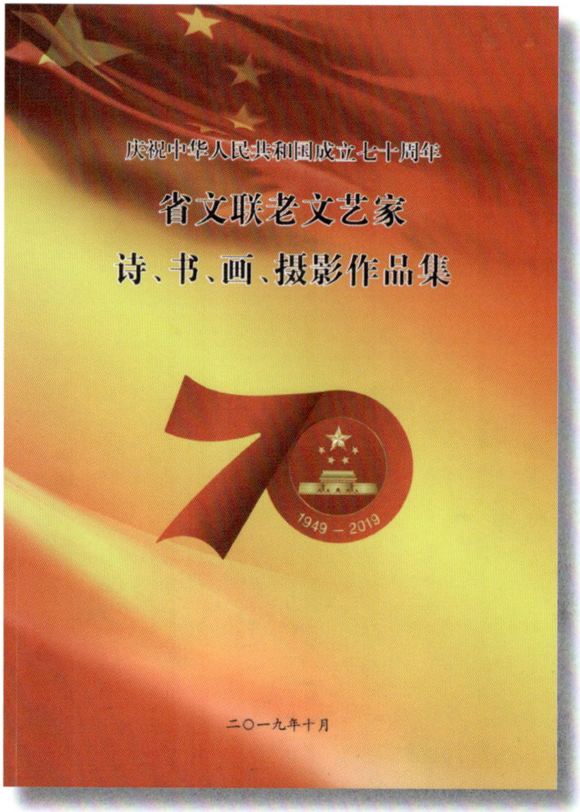

展览简介

2019年是新中国七十华诞。七十年砥砺奋进，七十年春华秋实。省文联离退休办、省文联老文艺家诗书画创作研究会组织老文艺家用心、用情、用笔、用镜头创作了一批诗、书、画及摄影作品，并于10月16日在湖南省画院举办作品展。

省政协原主席、省文联主席欧阳斌出席展览开幕式，并作了热情洋溢的讲话。老艺术家杨炳南、王友智、柯桐枝、余德泉等感叹这次展览规模虽不大但精品不少，且思路新、水平高，是一次高水平的展览。

《那时候——渐行渐远的记忆》

林乐伦（画） 蒋星星（文）

《那时候——渐行渐远的记忆》是由林乐伦作画、蒋星星配诗的一本诗画集。作者凭借自己的生活经验与阅历，通过对踢毽子、竹蜻蜓、独掌倒立等 100 多个儿时生活场景的描绘与记录，从一个侧面反映了 50 年代至 80 年代社会的生活习俗与风情，唤起一代人甚至几代人的乡愁，表现了人们对那特殊年代纯真生活的怀念，对真、善、美的追求与渴望。

该书由人民日报出版社出版、发行。

作者简介

林乐伦，笔名林下，男，湖南衡阳人。中国作家协会会员，中国书法家协会会员。衡阳市文联原主席、书协主席，南华大学客座教授、衡阳师范学院客座教授。出版著作有《曾熙》《衡阳历代名家书画集》《人在中途》《民国衡阳书画》《萧俊贤书画艺术》《林下彩绘百幅衡山窟》《无问西东——林下百幅写生小品》《民窑青花图谱》《那时候——渐行渐远的记忆》等。

蒋星星，男，湖南祁东县人，1956 年 12 月出生，中共党员，湘潭大学历史系文博专业毕业，大专文化。中国博物馆学会会员，中国古陶瓷学会会员，湖南省文物局博物馆评估专家库专家，湖南省文博智库专家，文博副研究馆员，衡阳市博物馆原馆长。衡阳市政协第九、第十届委员，湖南省特别优秀人才高级职称获得者。2008 年获衡阳市优秀党务工作者荣誉称号。

《青山行远——秦阳虎中国画作品集》

秦阳虎

2019 年 11 月秦阳虎在常德市文化馆举办“秦阳虎中国画作品个人展览”并出版《青山行远——秦阳虎中国画作品集》。

秦阳虎山水画扎根传统又时出新意，偶发奇思却又不事张扬。皴擦点染间，烟云雾霭尽收眼底。人物写神，花鸟写生，山水写境。秦阳虎深知此中奥秘。如今他笔耕不辍、勤奋有加，不断在笔墨之外求滋养。

这本画集选印了他近期创作的 120 余幅作品，印证了他的所思所想。祝愿他的“青山”梦越走越远，越走越宽阔。

作者简介

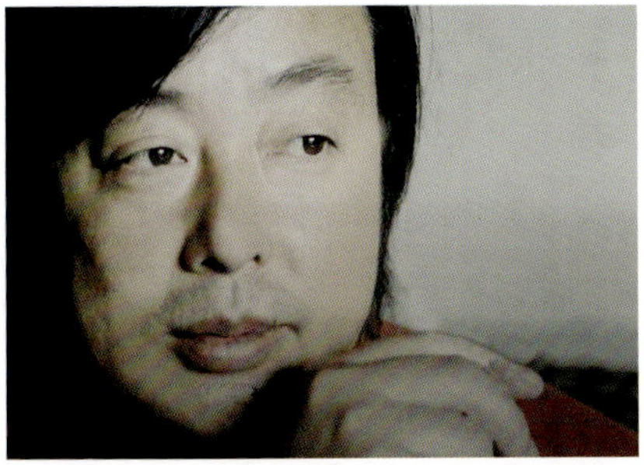

秦阳虎，男，1963 年 12 月出生，湖南石门人，毕业于湖南师范大学美术学院。先后结业于中国文化部第三届重彩画高研班、北京画院中国画高研班、中国美术学院见习基地书法高研班、中国美术学院山水画进修班和山水画高研班。现为中国壁画学会会员、中国工笔画学会会员、中国国画家协会理事、湖南省美协会员、湖南省工笔画学会理事、湖南省花鸟画家协会会员、常德市美协副主席、常德市工笔画学会会长、常德画院特聘画家。作品曾多次参加国家级、省级美术作品展并获奖，多次获常德市“五个一工程”奖和文艺原创奖，多幅作品见诸画册、报刊或被个人收藏。

《无田望岁——石印文农村题材诗书作品集》

石印文

精准扶贫和乡村振兴是新时期党和国家农村工作的精髓和亮点，随着精准扶贫和乡村振兴工作的全面开展，农民出身的诗词家和书法家石印文感受到了党和国家的政策给农村带来的巨大变化。歌诗合为事而作，多年来石印文积累了一些有关农业农村农民题材的诗词作品，以展示党的十八大以来湖南农村的新面貌和农民的新风采。《无田望岁——石印文农村题材诗书作品集》即是石印文通过诗词书法创作的形式讴歌新时代、向国庆70周年献礼的一个具体表现。

作者简介

石印文，字绍卿、少卿，男，湖南益阳人，现为中华诗词学会会员、中国楹联学会理事、中国书法家协会会员、湖南省书法家协会副主席、湖南省文史研究馆特约研究员、民建湖南省画院副院长、湖南省湖湘书画院副院长、湖南工艺美院客座教授、益阳市书法家协会主席、益阳市诗词家协会副主席。先后荣获“华夏诗词奖”“当代精英联家”“彭玉麟楹联奖”等荣誉，出任全国第一、第二届“百诗百联”大赛终评评委。入选湖南省文艺人才扶持“三百工程”文艺家人才库、湖南省委宣传系统“五个一批”人才名单，益阳市首批优秀人才，为湖南楹联文化品牌“湖湘楹联七子”之一。2013 年 12 月 9 日《湖南日报》曾对其艺术进行整版报道。有书法作品参加文化部、中国文联和中国书法家协会举办的各类展览赛事 20 余次，获省级展览或赛事金奖 4 次，有诗词楹联和辞赋作品获得全国大赛一等奖 20 余次。

《山海经园》

黄煦然

《山海经》是中国古代地理名著，其涉及面广，记载了大量的神话传说以及古人的地理观，对后世影响巨大。作者精选《山海经》里最具代表性和趣味性的篇章绘制成书，将《山海经》里的水系、山脉、植被、树木、山神、神兽、水怪等一系列形象进行精彩描绘，整合成一幅充满想象力的长卷，力求形象生动传神，情节跌宕起伏。该绘本尤其适合青少年，对广泛地传播中国古典文化有着启示作用。

作者简介

黄煦然，女，湖南永州人。首都师范大学硕士，研究方向现代水墨，博士在读。副教授，任教于怀化学院美术与设计艺术学院。中国女画家协会会员、湖南省美术家协会会员、湖南省女画家协会理事、李可染青年画院特聘画家。代表作品有《十二生肖系列》《出走桃花源系列》《山海经系列》《簪花旧梦系列》等。2014 年在首都师范大学美术馆举办“在云端”个人画展，2014 年在北京宋庄衡庐美术馆举办“黄煦然的水墨世界”个人画展，2018 年在苏州保利艺术中心举办“山海经园”个人画展。作品和创作谈被《美术》《文艺理论与批评》等核心学术期刊重点推介。著有《在云端——黄煦然的水墨世界》《山海经绘卷》。

扶助《中国工艺美术大师全集：叶水云卷》出版

叶水云从 2005 年开始进行了长期的田野考察，走访老艺人，收集老织锦残片，于 2017 年整理 70 余幅传统织锦纹样，其事迹顺利进入文化部编著的《中国工艺美术大师全集》中。该书的出版，展现了近十年湘西非遗项目的优秀成果，对促进土家织锦的产业化、智能化生产，对湘西乡村建设、少数民族地区脱贫致富、湘西全域旅游，都有较大的推动作用。

该书由安徽美术出版社出版、发行。

叶水云简介

叶水云，女，1967 年生，湖南省龙山县人。中国工艺美术大师、中国艺术研究院研究员、国家级非遗传承人。曾被联合国教科文组织和中国民间文艺家协会授予“民间工艺美术家”称号，有上千件传统织锦作品被中国国家博物馆、中国民族博物馆、中国美术大师馆及张仃、黄永玉、星云大师等收藏。

《欧阳鼎原创扬琴作品集》

欧阳鼎

《欧阳鼎原创扬琴作品集》是作者五十年来从事扬琴演奏、创作、教学实践经验心得的总结，收录了各个时期原创的扬琴作品十六首，其中绝大多数以湖南本土素材元素而创作。乐曲在内容与风格上各具特色，既有原创的，又有传承的。《原野牧歌》在2007第三届全国艺术研讨会上获荣誉证书。原创扬琴作品《苗寨飞歌》《兰花与蝴蝶》在2012杭州首届中国扬琴艺术节上获得优秀新作品奖。《潇湘魂》在中国首届扬琴新作品评选中获优秀奖及金钟奖、湖南赛区三等奖，并入选2016年湖南省首届原创民族器乐作品音乐会。《欢乐潇湘》入选2017年湖南省第二届原创民族器乐作品音乐会。

该书由中国文联出版社出版、发行。

作者简介

欧阳鼎，毕业于湖南艺术职业学校，供职于湖南省木偶皮影艺术剧院，启蒙于刘东山老师，师从国家一级著名扬琴家、教育家张金堂先生。现为中国音乐家协会会员、中国民族管弦乐学会会员、中国扬琴学会常务理事、亚洲扬琴学会顾问，全国扬琴考级专家委员会委员、湖南省音乐家协会名誉理事、湖南省音协扬琴专业委员会名誉会长。在全国、省、市级扬琴比赛中多次担任主评委。曾访问泰国、中国香港演出获得好评。原创的扬琴作品在全国获得过金奖、铜奖及优秀奖，并入选湖南省 2016 年首届原创民族器乐作品音乐会、2017 年第二届原创民族器乐作品音乐会。歌曲创作师从湖南省著名作曲家陈经荣先生，创作的《嫦娥新传》《乡愁是杯酒》两首歌曲连续两届荣获词曲中国 2021 年度、2022 年度优秀原创词曲评选“金奖”及“最受欢迎十佳作曲奖”、“专家评委会二等奖”。《洋湖咏》荣获“一城一镇一村一景一歌”全国原创地方形象歌曲大赛“作品优秀奖”。《了翁情未了》被选为湖南靖州文峰塔景区宣传片歌。另外，四首成品作品收录到《词曲中国 2022 优秀原创音乐作品集》。2022 年在北京央视演播厅成功举办“欧阳鼎扬琴·声乐原创作品音乐会”。

主编四十期全国性扬琴学报。在官方媒体发表论文及报道文章多篇。出版个人专著《跟我学扬琴》《趣味扬琴练习曲集》《中外趣味扬琴练习曲集》《欧阳鼎原创扬琴作品集》。

其传略载入《世界名人录》《中华人物辞海》《中国当代艺术家名人大辞典》等辞书。

《小小太空梦》

窦强

舞蹈《小小太空梦》讲述了小女孩洋洋从小有着一个美丽而奇幻的太空梦，作为中国航天员的父亲，他小心呵护着女儿的梦想。通过梦境与爸爸所叙述的太空蓝图对照，洋洋最终实现了她的太空梦。

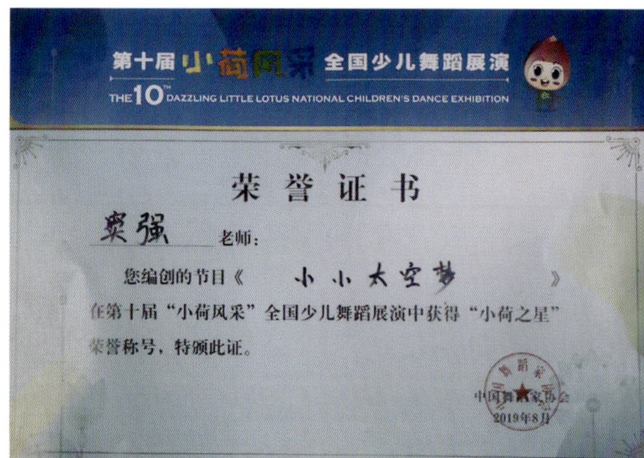

第十届小荷风采全国少儿舞蹈展演

THE 10TH DAZZLING LITTLE LOTUS NATIONAL CHILDREN'S DANCE EXHIBITION

荣誉证书

窦强 老师：

您编创的节目《小小太空梦》

在第十届“小荷风采”全国少儿舞蹈展演中获得“小荷之星”荣誉称号，特颁此证。

中国舞蹈家协会

2019年8月

作者简介

窦强，男，1980 年 3 月生。中国舞蹈家协会阳光志愿者、湖南省舞蹈家协会会员、天星艺术学校校长、株洲特殊教育学校天星聋哑人艺术团团长。2016 年 7 月在云南省舞蹈家协会主办的“荷风杯”全国舞蹈比赛中获金奖。2016 年 8 月在中国舞蹈家协会主办的“荷花少年”全国舞蹈比赛中，原创舞蹈《神农——寻药之路》荣获“星光少年”称号。2017 年原创舞蹈《渔娃乐》在中国民族民间舞协主办的“锦绣之花”全国少儿舞蹈比赛中荣获金奖。2018 年 7 月在由中国舞蹈家协会指导，上海舞蹈家协会和上海市青少年活动中心发起的，联合全国 13 个省市自治区舞蹈家协会共同主办的 2018“舞动中国梦”比赛中，原创舞蹈《归巢》获得银奖。

《侯基明歌曲作品选集》

侯基明

《侯基明歌曲作品选集》是从侯基明几十年创作的作品中遴选 150 首而成。湖南省文联副主席、湖南省音乐家协会主席邓东源先生为其作序。书中的曲目以汉语拼音字母次序排序。部分曲目的音乐存入 U 盘，附于书中，并收录作者的 9 篇创作随笔，以便与读者交流。其中许多作品在国家级刊物及全国性征歌中发表或获奖，如《耍秋》《童年的小村落》《同心建设幸福的乐园》《人到桃江不想归》《走进怀化》《母亲是中华》等。

作者简介

侯基明，男，1947 年 9 月生，湖南湘乡人。中国音乐家协会会员、湖南省音乐家协会会员。原湖南师范学院音乐专业毕业，从事中小学、中师音乐教育及社会音乐活动五十余年。曾任湘潭市中小学音乐教研会理事长、湘潭市音乐家协会副主席、湘乡市音乐家协会主席。参与编写湖南省中小学音乐教材，主编《湘乡音乐报》及《湘乡音乐作品选集》。有作品在国家级音乐刊物《歌曲》《儿童音乐》《广播歌选》以及湖南、上海、广东、福建等地刊物和媒体发表；《同心建设幸福的乐园》《信念》《人到桃江不想归》《你用什么报答祖国》《羔羊跪乳》《走进怀化》等 8 件作品在全国性征歌中获奖；《耍秋》于 2015 年获文化部优秀少儿歌曲奖，并被指定为第七届、第八届、第九届中国少年儿童合唱节选唱曲目。《红红的中华》《叫一声子弟兵》《童年的小村落》等歌曲获湖南省音协、省文化厅的奖励；《童年的小村落》由中央电视台 3D 频道播出。

2010 年至 2016 年接连三届获湘潭市委、市政府文艺创作成果奖，2010 年被湘乡市授予“德艺双馨艺术家”称号。2011 年湘乡市举办了“爱家乡·颂祖国”侯基明音乐作品演唱会。

《龙行港珠澳》

李理（作曲）

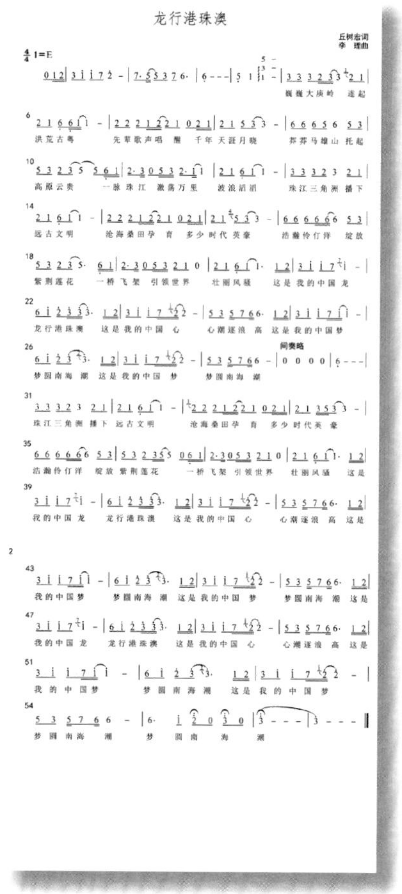

《龙行港珠澳》由广东省作协副主席、诗人丘树宏作词，湖南省青年音乐人李理作曲，以中国梦为主题，献礼中华人民共和国成立70周年。

歌曲的演唱者来自五湖四海，都有在粤港澳大湾区工作和生活的经历，当中有老师、企业员工、设计师、公务员、媒体工作者等，大家共同见证了粤港澳大桥的建设。

歌词创作正是以扎根本土、深植时代为基础，在当代中国的伟大创造中发现创作的主题、捕捉创新的灵感，深刻反映我们这个时代的历史巨变，描绘我们这个时代的精神图谱，记录新时代、讴歌新时代。

作者简介

李理，男，1980 年 11 月生，湖南益阳人。2003 年 7 月毕业于湖南文理学院音乐学院；2003 年 5 月，湖南常德市工人文化宫聘用其担任文宣科专干，负责常德市老年人艺术团和文化宫艺术培训机构的相关工作，并担任声乐和钢琴老师，同年 10 月在国庆大型文艺汇演中担任总导演；2003 年 12 月，在湖南长沙电台音乐频道音乐制作中心工作；2004 年 10 月—2006 年 8 月，在湖南长沙电视台《公共大舞台》栏目，从事编导、演员、活动策划、导演等工作，曾在《爱我中华》大型文艺演出中担任导演等职务；2006 年 9 月—2013 年 7 月，分别在深圳两家香港公司工作，担任招投标乐器讲解和整个西南片区区域管理工作。

《湘之西》

王再

“湘西”是一个永恒的题材，作者用影像记录湘西地域文化，记录湘西这一历史时期人文场景。在 80 年代中期，作者在湘西的山水之间，独自一人走完了酉水、沅水、走进湘西的古镇和村寨，走进百姓人家，记录湘西百姓在不同时间与空间形式下的生存方式、生存状态，真实再现湘西人们的日常生活情态，勾勒出湘西这一历史阶段百姓恬淡祥和的图景，为历史留下了珍贵的图像文献资料。

《湘之西》给我们留下了一份关于湘西历史的弥足珍贵的纪念。

该书由外文出版社出版、发行。

作者简介

王再，男，1957年3月生，湖南隆回人。湖南大学文化遗产保护与传承研究中心主任，武汉大学图像传媒技术研究中心首席专家、教授，科技部专家库专家，国家艺术基金评审专家，国家文物局专家库专家，湖南省文联全委会委员，湖南省摄影家协会副主席。

《曾强梅摄影作品集》

曾强梅

这本摄影作品集拍摄的作品主要是农业学大寨、工业学大庆、全国人民学习解放军和“文革”至改革开放这一历史阶段所发生的特有的社会现象、事件、人物活动等，为纪实性作品，全部为黑白照片，共 100 幅。

这本摄影作品集对读者了解这一历史阶段发生的一切有教育警示作用，是一份很好的资料档案。

该书由百花洲文艺出版社出版、发行。

作者简介

曾强梅，男，1941 年生，湖南祁东人。1961 年毕业于衡阳师范学院中文系。中国摄影家协会会员、中国艺术摄影学会会员、湖南省摄影家协会首批会员。曾任衡阳市摄影家协会副主席、祁东县摄影家协会主席、祁东县文化馆副研究馆员。

从事摄影工作四十余年，在国内外发表摄影作品 4000 余幅，获奖的有 50 余幅。《新居》《为何枯荣》《不仅是蛇的悲剧》入选联合国举办的有关摄影比赛。《春之歌》获首届尼康比赛佳作奖，《戏迷》获湖南省文化系统摄影比赛一等奖，《最早一缕阳光》获全国交通系统摄影比赛艺术类二等奖。摄影作品集《文艺知识·摄影篇》由湖南大学出版社出版，并著有《摄影基础知识》教材一部，多次担任省、市摄影技术培训班教师。艺术经历编入《中国摄影家》《当代中国名人传》等多部辞典。

扶助洞庭湖民俗文化展

此次展览分为图片摄影和民俗物件两个板块。该展通过挖掘、采集到的洞庭湖区域的历史文化与生态等方面的旧物件、口传故事、渔歌、器乐等民俗文化，展现其在时代中变迁的现状。主要目的是向广大人民群众全面展示洞庭湖文化的悠久历史和丰富的人文风情以及洞庭湖民俗文化在当今时代下的现状，赋予洞庭湖民俗文化新的时代内涵，服务湖南文化强省战略。

李启明简介

李启明，女，1991 年 6 月生，洞庭湖文化促进会会长。系湖南省企事业文学艺术界联合会、湖南省音乐家协会、国际传统音乐学会、中国传统音乐学会、中日音乐比较国际学会会员，岳阳楼区非遗项目评审专家小组成员。

《花瑶》

杨民贵

《花瑶》是一本民俗摄影作品集，反映的是隆回县虎形山瑶族乡花瑶人民的生活。作者从20世纪70年代开始，几十年来坚持深入瑶寨，用纪实的手法，全方位、多角度地记录了花瑶人民的生存状态。摄影集共分五个部分，即劳作篇、休闲篇、市场篇、婚俗篇、节日篇。作者熟练地运用抓拍技巧，拍摄的人物形态自然、活灵活现。花瑶人曾经几乎与世隔绝，在党的改革开放政策的指引下，他们走出山寨，步入市场，融入社会。他们积极耕耘，勤劳致富，使自己的生活发生了翻天覆地的变化。

作者简介

杨民贵，男，1939年生，湖南省武冈市人，中专文化。湖南省第二届十佳新闻工作者，一等功荣立者。邵阳市政协第五届、第六届委员。中国摄影家协会会员、中国新闻摄影学会会员、中国民俗摄影协会会员。在全国各级报刊发表新闻照片和摄影艺术作品4000余幅，有百余件作品获奖。其中《万众疯狂喊英语》获上海市第六届国际摄影艺术展览银奖；《一个儿孙满堂的“孤寡”老人》获“宝庆杯”全国摄影比赛特等奖；《疯狂英语风靡全国》获第九届亚洲风采华人摄影比赛三等奖；《爸爸的布摊子》在全国人像摄影比赛中获三等奖；《路途真情》和《青蛙被抓又被放》获湖南省新闻摄影作品评选一等奖。论文《浅谈新闻摄影作品的形式美》和《试论社会新闻摄影》也多次获奖。

《湖湘楹联百家》

鲁晓川（主编）

2019 年是中华人民共和国成立七十周年，也是湖南省楹联家协会成立三十周年。为集中展示楹联湘军风采，反映楹联强省成就，湖南省楹联家协会组织编辑出版了《湖湘楹联百家》一书。

本书收集了湖南省 100 多位作者所写的楹联，这些楹联或警示，或自勉，或咏怀，或赞颂，或批评，是一本读来耐人寻味、值得收藏的好书。

该书由中国书籍出版社出版、发行。

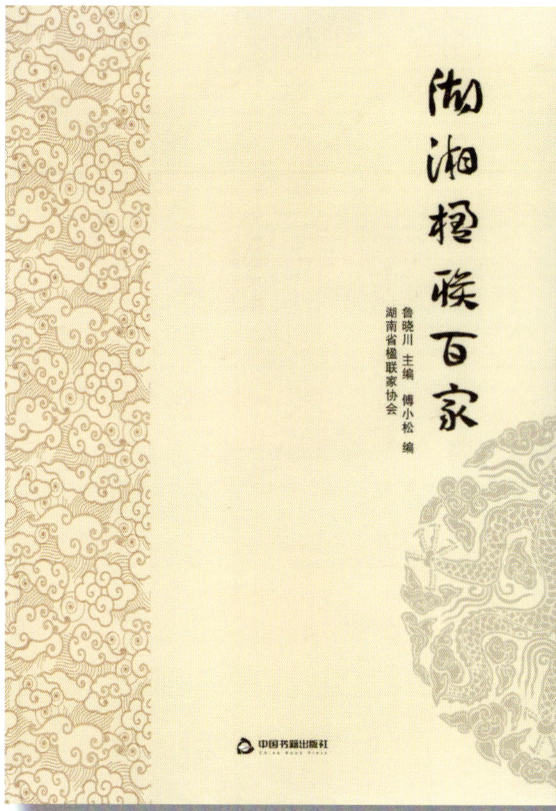

作者简介

鲁晓川，1977 年生于长沙，男，汉族。中国对联学硕士。中国楹联学会副会长、湖南省楹联家协会主席、湖南第一师范学院对联研究基地负责人、《对联学刊》主编、湖南湘江书画院副院长、“湖湘楹联七子”之一。2009 年获得首届全国楹联教学大赛一等奖。参与主持编纂《湖湘文库·湖南楹联》等著作。曾担任央视三套、湖南卫视、安徽经视等媒体对联节目的主讲嘉宾，“中国百诗百联大赛” 楹联组终审评委。

《大美超尘——王超尘书法作品选集》

王超尘

湖南近三十年的书家，能进入书史者寥寥。超尘先生是不多的能进入青史者。之所以推重敬佩，首先缘于他是一位纯粹而沉静的书家，他数十年如一日地以笔为犁、以纸为田，潜心沉醉于自己钟爱的书法，为人诚恳真挚，与人为善，乐于奖掖后学，素与名利无涉、与名位无干，古人之谓立德，修身行仁，他完美地做到了。

书中选登了王超尘 90 岁以前创作的作品 100 幅，以隶书为主，行草书代表作 5 幅，90 岁后创作的作品 82 幅。这些作品都是作者精心创作的，具有自己的风格，结字处理方式于严谨、敦穆、丰茂的整体统一中，显现微妙有度的节律韵致，造成一种线条、结线、章法、墨色中静中寓动、涩而不滞、熟中求生的虚实变化与童趣。

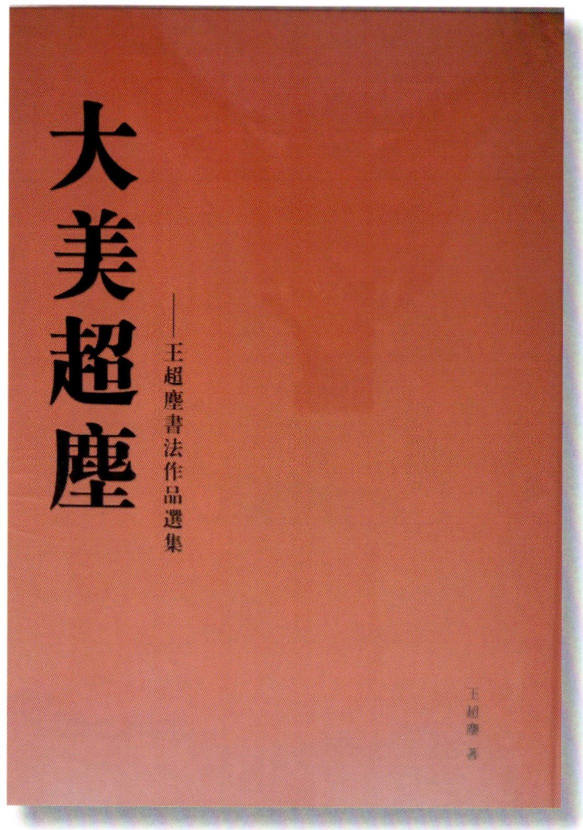

作者简介

王超尘，男，1925 生，湖南津市人。中国书法家协会会员、湖南省书协顾问、中央文史馆书画院研究员、湖南省文史研究馆员、深圳大学书法研究所艺术顾问。2011 年获中国书协成立 30 周年荣誉奖。书作曾多次参加国内外重大书法展，当代书法重要著录均有作品入选。黄鹤楼、岳阳楼、炎帝陵、黄帝陵、舜帝陵、孔子博物馆、南岳等名胜古迹，以及国内诸多纪念馆、博物馆等百余处皆有所书墨迹勒石传世。出版有《王超尘隶书》《王超尘书法选》《王超尘隶书岳阳楼记》《王超尘隶书桃花源记》《王超尘隶书醉翁亭记》《王超尘书法》等。

资助湖南省戏剧家协会选送学员赴中央戏剧学院培训

湖南省文艺创作扶助基金会出资 19 万扶助湖南省戏剧家协会选送 19 名学员到中央戏剧学院培训。通过学习培训，这批学员返湘后成了各演出单位的出色骨干。

受助者简介

江喻旺，1996 年生，湖南宁乡人。湘剧老生，供职于长沙市湘剧保护传承中心。

荣　媚，2001 年生，湖南东安人。湘剧闺门旦，供职于湖南省湘剧院。

李　青，1997 年生，湖南邵阳人。湘剧花旦 、娃娃生，供职于长沙市湘剧保护传承中心。

刘冬兰，1985 年生，湖南娄底人。湘剧花衫 、闺门旦，现供职于涟源市湘剧保护传承中心。

付祖田，1996 年生，湖南岳阳人。湘剧武生。

廖深苗，2003 年生，湖南益阳人。湘剧武生 。

蔡　波，1999 年生，湖南长沙人。湘剧小生 。

姚依伯，2001 年生，湖南长沙人。湘剧花脸 。

杨雨莎，1999 年生，湖南长沙人。湘剧青衣 ，闺门旦。

罗晓宇，2002 年生，湖南郴州人。湘剧青衣 。

龚玥颖，2001 年生，湖南邵东人 。湘剧器乐二胡、京胡。

罗　勇，1984 年生，湖南衡东人。花鼓戏小生。现供职于湖南省花鼓戏剧院。

秦舒欣，2004 年生，湖南岳阳人。湖南花鼓戏武生、小花脸。

陈适宜，1999 年生，湖南长沙人。花鼓戏小生。

徐芬芬，1998 年生，湖南益阳人。湖南花鼓戏花旦 、彩旦。

杨　钎，1996 年生，湖南邵阳人。湖南花鼓戏花旦。

夏玉倩，2000 年生，江苏丹阳人。湖南花鼓戏青衣 、花旦。

楚舒婷，2002 年生，湖南株洲人。湖南花鼓戏青衣 、花旦。

兰图娜，2002 年生，湖南人。湖南花鼓戏花旦。

2020

2020 年湖南省文艺创作扶助基金会扶助项目

《雪野鸿爪》

江学恭

《雪野鸿爪》一书分为五个部分。第一部分“大千世界”，主要收录游记作品和介绍域外文化的文章。第二部分“三湘四水”，主要收录、介绍湖南风情风物的文章。第三部分“文坛艺苑”，主要收录、评介文艺人物和作品的文章。第四部分“多向思维”，主要收录文艺之外的各种时论文章。第五部分“附录”，主要收录目前能够找到的访谈文章和介绍作者与作品的文章。

该书由国际文化出版公司出版、发行。

作者简介

江学恭，男，1956 年出生于湖南省湘潭市，维吾尔族。就读于上海戏剧学院戏剧文学系，师从著名文化学者余秋雨。中央党校研究生毕业。曾任中国文学艺术界联合会全委会委员，中国作家协会全委会委员，湖南省作家协会党组书记、常务副主席，湖南省文学艺术界联合会党组书记、副主席，湖南省文艺评论家协会副主席，政协湖南省第十一届委员会常委，科教文卫体委员会副主任，湖南省大众传媒学院客座教授，国家一级作家，中国作家协会会员，中国戏剧家协会会员，中国音乐家协会会员，中国电视艺术家协会会员。有《社会主义文化市场概论》、《缪斯之恋》、《美德与人生》、《解读传统美德故事》（全 6 册）、《大美可追——余秋雨的文化美学》等著作行世。编撰的十余部电视专题片在中央电视台和海外电视台播出。

扶助邓东源创作抗疫音乐作品

邓东源先后创作了《为祖国加油》《新时代、新英雄》《大爱如山》《你真美》《最美红手印》等12首歌曲，全部用大乐队制作音乐。这些作品大都在省级以上媒体传播，产生了较大的社会反响，鼓舞了全体医务工作者和全国人民抗疫的热情和信心。

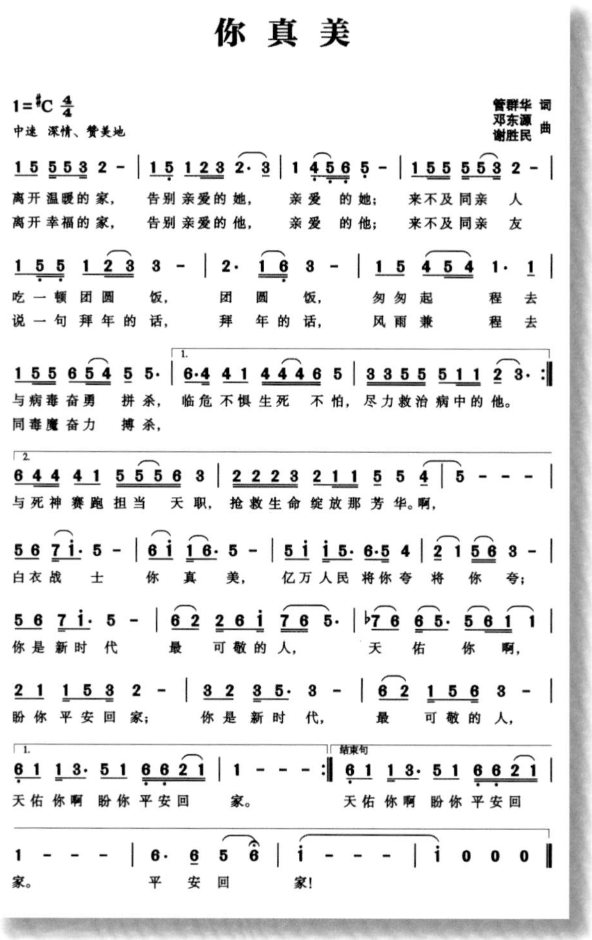

邓东源简介

邓东源，男，湖南祁阳市人，毕业于沈阳音乐学院理论作曲系，后进修于中央音乐学院和北京师范大学，一级作曲，教授、博士生导师。先后师从郑秋枫、秦咏诚、杨干之、鲁颂等学习作曲，两次参加施光南作曲培训班学习；师从吴雁泽、宋慧龄学习民族声乐；师从张嘉麟教授学习传统国学。中国音乐家协会理事、湖南省文联副主席、湖南省音乐家协会第八届主席团主席，谱写各类音乐作品500多件。歌曲代表作有《又唱浏阳河》《军中女孩》《笑口常开》等。影视剧音乐代表作有《陶铸》《商界》等6部；交响乐代表作有大型交响套曲《浏阳河颂》，大型交响组歌《秋收起义》《天职》，大型交响音乐诗《三湘四水》和大型交响组曲《浏阳河之光》等。作品获国家级奖励51件，获全军级奖励41件，获其他省（部）奖励61件。荣立二等功2次，三等功11次。

《吴中心中短篇小说选》

吴中心

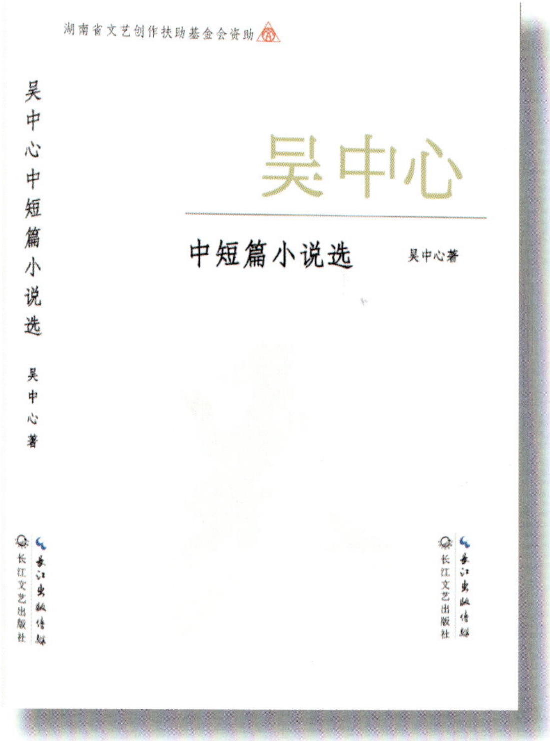

《吴中心中短篇小说选》是一部精彩的小说集，它精选了中国作家协会会员、涟源市文联原主席吴中心数十年散发在报刊中的优秀作品，其中包含10篇短篇小说、9篇中篇小说。

吴中心的小说具有鲜明特色，故事情节跌宕起伏、人物形象鲜活生动、小说结构巧妙安排，语言富有张力。其中，短的作品字数仅300来字，却获得了当时全国《当代农民》小说征文一等奖，其崭露头角之早，创作功力之深可见一斑。

该书由长江文艺出版社出版、发行。

作者简介

吴中心（1962年10月—2019年9月），男，湖南涟源人，中国作家协会会员。80年代在《萌芽》发表处女作，著有长篇小说《战火情丝》《鼠之舞》，中短篇小说集《我要开枪》。1988年，小说《土地》获全国征文一等奖。大量作品在《人民文学》《中篇小说选刊》《作品与争鸣》《飞天》《作品》《山花》《芙蓉》《清明》《北京文学》《西南军事文学》《青年文学》等刊物发表或转载。

《音乐家尹晓星评传》

刘乐权

《音乐家尹晓星评传》一书分为“寻梦：一往情深”“开创：双管齐下”“坚守：三位一体”等主干部分，附录包括尹晓星生平与创作简要年谱，全面地记叙与评述了1947年出生于湖南省邵阳县夫夷江畔光冲山窝的穷苦农家孩子尹晓星的经历。他在1992年10月被国务院评为“为发展我国文化艺术事业做出突出贡献”的音乐家。该书考证了尹晓星的大量原始资料，致力于以新时代语境、以理立论，怀一颗敬重之心，用诚挚率性、客观公正的文字记叙与评述，历时10年精心研析，成为一部22万言内蕴深邃、逻辑严密，集专业性、学术性、文学性于一体的厚重书稿。

该书由中国文联出版社出版、发行。

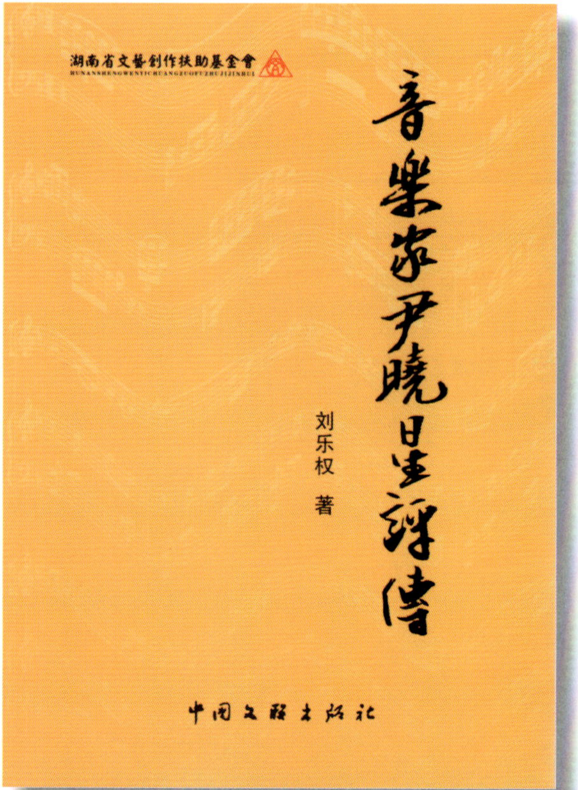

作者简介

刘乐权，男，汉族，1962 年 6 月出生于湖南绥宁县，祖籍湖南邵东县。1981 年 7 月参加工作，当过中学语文老师，当过县报编辑、主编，曾任绥宁县委宣传部副部长、绥宁县体育局局长、绥宁县政协提案委主任。系中国音乐家协会会员、中国文艺评论家协会会员、湖南省音乐家协会音乐理论音乐评论学会副会长、湖南省音乐评论委员会副会长、湖南省音乐家协会音乐创作学会理事。

《历代名人论羲之》

王友智

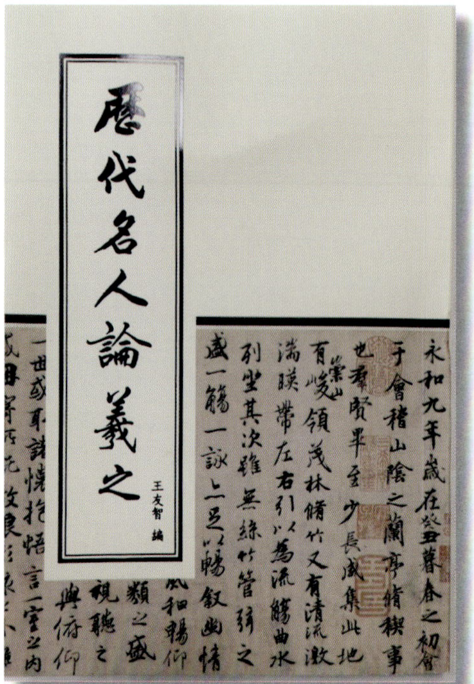

中国书法从甲骨文算起，已有三千多年的历史。历史对文化遗产向来就是以公平、公正的态度进行取舍的，精华予以传承，糟粕予以淘汰。

王羲之就是在历史的长河中，经过一代一代的筛选而成为“独绝千古”“古今莫二”书圣的。一千七百多年来，对王羲之的书法也是褒贬不一，众说纷纭的：有人说王羲之书“格律不高”“功夫又少”；有人则说羲之书“造意精微”“超妙入神”；有人说“羲之俗书趁姿媚”；有人则说羲之书“调清词雅”“脱去俗气”；有人说羲之草书“有女郎才，无丈夫气，不足为贵”；有人则说羲之草书“当为最为有名”“为百代草书之宗”。南朝宋人张融曾放言：“不恨臣无二王法，恨二王无臣法”。但滑稽的是，张书历史无传，而王书则成为“天府之名珍、盛代之伟宝”而“冠绝古今”。还有人忽而说王羲之为“浪得名”之辈，忽而又说王羲之书“笔精妙入神”。不论什么事情，在历史的长河中都有愈辩愈明的。王羲之的书法在历史的争辩中成为“作范垂代”的“天下奇作”，王羲之本人也被历史推上“古今莫二”的书圣宝座，这就是历史的选择。无论今后书法如何发展创新，但“不与法缚，不求法脱”“韵高千古”“举先贤之未及，启后学于成规”“为百代之书人立极”的王氏书法，必将一如既往地以主流的姿态，引领中国书法前行，从而再造未来中国书法艺术的辉煌。

作者简介

王友智，男，1937年出生，河南民权人。毕业于河南大学历史系。中国书法家协会会员、长沙理工大学教授、湖南省文史馆馆员、中南大学兼职教授、湖南省省直书画家协会顾问、湖南省湘江书画院特邀顾问。其作品多次参加全国及省市书法展并出版作品集。有书法作品被日本、韩国及东南亚国家珍藏，被国内许多博物馆收藏。作品被刻碑于深圳锦绣中华、北京卢沟桥、北大荒碑林、长沙贾谊故居等处。1999年出版《对联书写技法》一书。先后于1988年5月在湖南省展览馆，2002年在山东曲阜市，2005年在长沙举办了个人书法艺术展。2008年11月26日至30日在北京中国人民革命军事博物馆成功举办第四次个人书法艺术展。

《杨正兴作品选》

杨正兴

作者像老农一样，躬下身子，开掘出一小块一小块地，种出适合本土生长的庄稼。他用最原始、最素朴、最自然的方式，沿着心的方向，秉持真善美的艺术立场，构建起一个看似袖珍实则广博的文学世界，通过个体与时代、小我与大我、历史与当下的对话，为我们理解“乡下人”在城里打拼所怀有的乡愁开辟了新的视角。作者用穿越自己的过往和未来，以“划火柴”的执着点亮一个湘西汉子的情感天空，让广大读者看清了一个人、一个家庭、一个民族乃至一个国家所赖以生存的精神纽带。这里的文字简洁明了，气韵生动，带着镜头，闪烁美丽而诗意的光芒。

该书由中南大学出版社出版、发行。

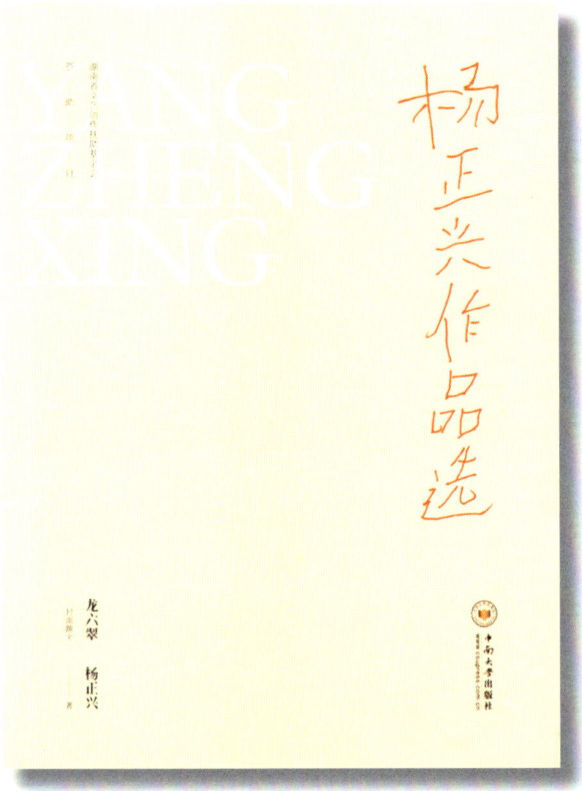

作者简介

杨正兴，侗族，大学本科，国家一级编剧，中国戏剧家协会会员、中国电视艺术家协会会员。先后就读于中央戏剧学院影视编导专业和长沙理工大学工商企业管理专业。曾任湖南人民广播电台广播剧创作室主任，湖南卫视生产调度中心制作统筹部主任，现为湖南广播电视台编剧、制片人。歌剧《长凳上的家常话》获文化部颁发的全国第四届少数民族戏剧题材剧本“孔雀奖”金奖；广播剧《看风景》，1998 年获国家广播电视总局颁发的“1998 年度中国优秀广播剧单本剧二等奖”；话剧小品《空屋》获中国文学艺术界联合会颁发的“中国曹禺戏剧小品小戏奖”；参与编导的《湖南卫视 2006 年春节联欢晚会》获第二十四届中国电视金鹰奖优秀文艺节目奖；电影剧本《父母的城市生活》获国家新闻出版广电总局电影局颁发的夏衍优秀电影剧本一等奖。

《心随画笔入洞庭——中国当代画家王琼作品集》

王琼

王琼投入中国画创作之中，如鱼得水，一幅幅精品力作呈现在大众面前。尤其是他笔下的“洞庭湖系列”作品更是将洞庭湖之美、之幽、之静、之动，生机盎然、空旷清超、轻灵秀润、自然和谐展现得淋漓尽致，彩色斑斓，美不胜收。

“艺术家要深入生活，生活是唯一的创作源泉。” 王琼创作的“洞庭湖系列”作品，正是源于 20 世纪 70 年代的一段生活经历。湖南省美术家协会的驻会画家都要到广阔天地去体验生活。于是王琼选择去了极有地域文化特色的八百里洞庭。在与当地渔民同吃、同住、同劳动相处数月的日子里，他深深地体会到渔民生活的艰辛与乐趣，也实实在在地感受到洞庭湖的辽阔隽美。他深深地爱上了洞庭湖。八百里洞庭美如画深深地镌进了王琼的心中，挥之不去的是作者刻骨铭心的记忆和情牵梦萦的洞庭情怀，是作者一生中永远难以忘怀的一段经历和岁月。 于是就有了这本作品集的出版。作品集中的每一幅画都是真心之作、真情之作、真爱之作，也是用功之作，是亲身体验和心灵体验的结合，是将传统的笔墨技法与现代审美思维融合在一起，运用水墨画中的没骨画法，巧妙地将洞庭水乡迷蒙烟雨、氤氲水气，苇草花木、飞禽走兽、 渔船轻舟……一派生机勃勃的美景展示出来，让观众产生无尽的遐想。

作者简介

王琼，男，1940 年生，湖南长沙人（祖籍江西）。中国美术家协会会员、中国版画家协会理事、长沙学院艺术系客座教授、湖南省文史研究馆馆员、湖南长沙杜甫江阁书画院院长。湖南百年美术创作工程专家委员会委员、评委。2000 年被评为中国优秀版画家，授予中国“鲁迅版画奖”终身荣誉奖。

《雾蒙蒙》1980 年入选中央美术学院版画作品，赴瑞典展出，被瑞典国家艺术博物馆收藏。《渔光曲》入选 1984 年全国第六届美展，获优秀作品奖，被中国美术馆收藏，在《美术》《版画世界》《人民日报》《光明日报》发表。《月光溶溶》入选全国第八届美展，在《美术》杂志发表。《蓝色的梦》入选第十四届全国版画展优秀作品，被神州版画博物馆收藏，编入大型画册。《赤子忠魂》1998 年获湖南省“五个一工程”奖。《春风又绿洞庭》获湖南国画馆国画精品展优秀作品奖。《年年有余》获首届花鸟画展优秀作品奖。

《洞庭听风》

刘金国

《洞庭听风》是一部描写改革开放时代地域人文的力作。小说以叶天成和胡晓慧爱情婚姻为主线，以商业体制改革为背景，勾勒出洞庭湖西滨小城 90 年代风云际会的生态实况。人物带着时代心跳，有血有肉、栩栩如生；故事结合地域生态，跌宕起伏、耐人寻味。

作品思想深刻，主题突出；人物性格鲜明，形象生动；情节引人入胜，扣人心弦；语言文辞典雅，佳句连连，是一部融思想性、文学性、可读性于一体的长篇小说。

该书由九州出版社出版、发行。

作者简介

刘金国，笔名“说话的云”，中国大众文学学会会员、湖南省作家协会会员、湖南省新乡土诗歌研究会副会长、常德市诗歌协会副主席、毛泽东文学院第十三期中青年作家研讨班学员。先后出版长篇小说《洞庭听风》、中短篇小说集《白娘》《一晃十年》、诗集《说话的云》《撕夜》《百花诗描》、散文集《心存月光》等，其作品被《中国小说家大辞典》《中国小说家代表作集》等收录，被《芙蓉》《湖南文学》《作家报》等多种报刊推介。获第八届、第九届丁玲文学奖，常德市首届原创文艺奖，中国当代小说奖。

扶助《柯桐枝课徒稿写意花鸟》创作

看柯桐枝的画，好热闹这是第一印象。同传统水墨花鸟画在观感上的区别——柯桐枝的画色彩鲜艳。红，红得发紫；绿，绿得流油；黄，黄得晃眼。对于柯桐枝画面的热闹，我们应该在中国花鸟画发展语境中来谈、来解、来赏。他的花鸟画就是从画热带的雨林中带回来的，野，是因为自然；多，是因为旺盛；色，是因为阳光；放，是因为雨露。它们成就了这些生灵的热闹，才成就柯桐枝花鸟画的热闹啊！

花开是无声的，但柯桐枝的画是有声的。有一种大异于传统文人花鸟画的情调在感染我们。他是用色彩最为大胆泼辣的花鸟画家。他的画热烈的性调，多半是用色彩传达出来的。“色彩是今天中国花鸟画的最高境界。”柯桐枝的画同古人相比是色彩丰富的；同今人相比，是色彩灿烂的。

该书由中国书画家杂志社出版、发行。

柯桐枝简介

柯桐枝，男，1943年出生于福建莆田，1965年毕业于福建师范学院艺术系美术专业，师从岭南画派名家宋省予、陈子奋先生。分配西安工作16年，其间拜版画大家修军先生学习版画创作。1981年举家调到湖南，曾任中国人民解放军国防大学书画院副院长，湖南省美协中国画艺委会副主任，湖南省花鸟画家协会主席，长沙市文联副主席、党组成员，长沙市美协主席。中国艺术研究院艺术创作院研究员、中央文史馆书画院研究员、中国美协会员、中国版画家协会会员、湖南省花鸟画家协会名誉主席、湖南省文史馆馆员、中国热带雨林艺术研究院常务理事、湖南省中国画学会顾问、湖南省湘江书画院顾问、长沙市美术家协会名誉主席。

《界缘——胡立伟作品集》

胡立伟

胡立伟是一位书画印诗兼容并包，“四艺”皆能的艺术家，本作品集主要收集整理的是他的山水画作品，以及部分书法和篆刻作品。他的山水画来源于对家乡湖湘山水的感受，又不拘于眼中丘壑，胆敢独造，画出自己心中的天地，营造出现代山水新的意境，从而生发出无穷无尽的情趣和生机。他重视书与画的对应关系，故山骨傲然，笔锋果敢，水意和墨法灵气汩汩。总体而言，胡立伟的诗、文、书、画是一个整体，没有其书，其画也就不是这样，没有其印，其画也不会是这样。在他的画中可以看到他书法中的骨力和韵味，看到他金石中的利落与空间，看到他诗词中的意境与精神。

该书由湖南美术出版社出版、发行。

作者简介

胡立伟，1956 年生于长沙，1984 年毕业于湖南师范大学美术学院并留校任教。1990 年结业于浙江美术学院国画系书法专业。现为国家一级美术师、中国美术家协会会员、中国书法家协会会员等。出版有《胡立伟作品集》《胡立伟金石书画作品集》《中国篆刻百家·胡立伟卷》等。作品赴美国、日本、韩国、新加坡等地展出，作品曾入选西泠印社首届、第二届全国篆刻艺术展，全国首届新人新作书法展，全国第四届中青年书法篆刻展等。

2021

2021 年湖南省文艺创作扶助基金会扶助项目

《李沥青文学作品选》

李沥青

李沥青老师今年100岁，在党70年，坚持文艺创作80年。湖南省文艺创作扶助基金会扶助这样一位老同志出版文学作品选意义非凡。

品读这部书稿，给我们留下如下深刻印象：

一、李老一辈子无怨无悔坚守初心。在那战火纷飞的年代，他能心怀远大抱负，孜孜以求，刻苦求学。

二、李老无怨无悔笔耕不辍。创作时间长，创作数量多，创作门类全。

三、李老无怨无悔恪守真理。他不仅是文学艺术界一位德艺双馨的作家，也是社会生活中一位率先垂范的思想道德楷模。

四、李老无怨无悔自我创新。他退休后坚持创作，永葆青春活力。他活过100岁时，还童心犹在，青春犹在，心怀激烈，壮心不已。

该书由团结出版社出版、发行。

作者简介

李沥青，男，1921 年出生，湖南省嘉禾县人。1941 年就读湖南省立第二师范时，在衡阳《大刚报》文艺副刊《新阵地》上发表处女作《我歌唱宜河》。1945 年考入中山大学中文系，1947 年加入北平诗歌协会，在该协会主办的《诗音讯》和《呼吸》上发表白话诗多首。在中山大学中文系就读时，跟随我国“民俗学之父”钟敬文教授学近体诗和民间文学，跟随词学大师詹安泰教授学宋词，跟随曲学大师王季思教授学元曲。

已公开出版的著作有：《小气鬼》（民间故事）、《湘南起义史稿》（萧克作序）、《湘南起义》（长篇小说）、《湘昆往事》、《绿满楼上吟》、《李沥青回忆录》、《李沥青诗文选》、《绿满楼诗选》。

扶助“把青春献给祖国——三线人组歌音乐会”

由湖南省文学艺术界联合会、湖南省音乐家协会主办的“把青春献给祖国——三线人组歌音乐会”，于2021年6月6日在长沙市湖南音乐厅成功首演，为党的百年华诞献上了一份厚礼。

“三线建设”是从1964年开始我国在中西部地区进行的一场以战备为指导思想的大规模国防、科技、工业和交通基础设施建设，是中国经济史上一次极大规模的工业迁移过程，为增强我国国防实力，改善中西部地区工业化布局做出了极大贡献。

由黎晓阳领衔，组织主要由当年三线建设者参加的创作团队，经过一年多时间创作《把青春献给祖国——三线人组歌》，用大型音乐艺术的形式，从一个个不同的侧面再现了当年三线建设者们坚韧顽强、可歌可泣的历史事迹，表现了艰苦奋斗、勇于创新、团结协作、无私奉献的三线精神。

这是第一次在中国现代历史中，有了中国三线建设者之歌——《征程》，第一次有了歌颂中国三线建设的大型声乐作品组歌。

《把青春献给祖国——三线人组歌》由《序》《火红青春》《苦乐年华》《爱的恋歌》《难忘的路》《把青春献给祖国》共5个乐章12首歌曲组成。演唱形式为合唱、组唱、对唱和独唱。歌词篇幅短小、情感真挚；旋律优美、雅俗共赏。该组歌是一部接地气，集时代性、艺术性、群众性于一体的音乐作品。

该书由湖南电子音像出版社出版、发行。

黎晓阳简介

黎晓阳，男，1955 出生于长沙，籍贯湖北武昌。

历任中国音乐家协会理事、湖南省文学艺术界联合会党组成员、湖南省文联专职副主席、湖南省音乐家协会主席、《音乐教育与创作》杂志社社长。现为湖南省文联名誉副主席、湖南省音乐家协会名誉主席、一级作曲。

黎晓阳的音乐作品旋律优美并极富特点，充满了创作的热情和对生活的热爱，既体现了浓郁甜美的民族音乐风格，又展现出波澜壮阔的气度和胸怀。他在创作生涯中写下了不少让人难忘的歌曲，如《湘江飞出一首歌》《好美好美的张家界》《红叶子绿叶子》《大地的丰收》《我奉献我快乐——志愿者之歌》《我想唱歌就唱歌》等，其中不少作品在国内和省内获奖。特别是花腔女高音的代表作《湘江飞出一首歌》获中宣部第十三届“五个一工程”奖，把浓郁的民族音乐风格的旋律和美声的花腔演唱技巧有机地融为一体，成为艺术歌曲中有影响的作品。

《龚笃清文选》

龚笃清

该书选录了作者在《收获》《中国作家》等名刊上发表的中短篇小说及少量散文，特别是选载了作者享誉学界的有关冯梦龙研究及科举制、八股文研究的代表作，有较好的文化阅读价值。

作者简介

龚笃清，男，1946年生，湖南新邵人。1982年毕业于北京师范大学研究生班，师从著名学者钟敬文、启功、容肇祖。曾参与创建湖南文艺出版社和湖南电子音像出版社，分别担任编审、副社长、总编辑。主编过大型文学期刊《芙蓉》及《湖南出版年鉴》。20世纪70年代末从事文学创作，在《收获》《中国作家》《花城》《钟山》《青年文学》《萌芽》等刊物上发表过中短篇小说数十篇。出版过中短篇小说集《色癫》及《黄兴聚义》《黑白朱元璋》等历史长篇小说。作品有的获过各种奖，有的选入中学语文课本。1986年加入中国作家协会，任过湖南作协理事。退休后从事学术研究，在冯梦龙研究上开创了新的研究领域，《冯梦龙新论》一书获好评。为《中国大百科全书·中国文学卷》撰写过两条有关冯梦龙的词条。在明代科举及明清八股文研究方面有开创性成果，被学界公认走在全国前列。曾主持过国家社科基金项目、国家古籍整理2011至2020年规划项目及几项国家出版基金项目的研究。《八股文话》被誉为填补了出版空白。多种著作曾获中南五省优秀图书奖和国家古籍优秀图书奖。

《未了集——胡英书法作品选集》

胡英

本集所书之内容，除伟人和先贤的诗词，大都是作者近十多年新创的诗联和赠友真言。书艺上，作者主攻篆隶，在“学古不泥古，破法不悖法”的原则下，近些年，他又有新的追求和探索，将小篆从古至今匀称的实线，改为虚实结合、枯荣并茂的线条。其结体上紧下松，下轻上重。隶书，打破算盘子式的布局，向行草书学习，字形大小不一，排列错落有致。其目的，是让篆隶字幅更自然生动、美观大气，更受大众欢迎。作者说，因系初探，还很不成熟，故名《未了集》。其意，如假以时日，或许能闯出条新路；而人寿有限，亦或许“了犹未了，不了了之”。但劳动没有白费，算是抛砖引玉，给后来者一个提示吧。这种活到老，学到老，守正创新到老的精神难能可贵，很值得人们学习。

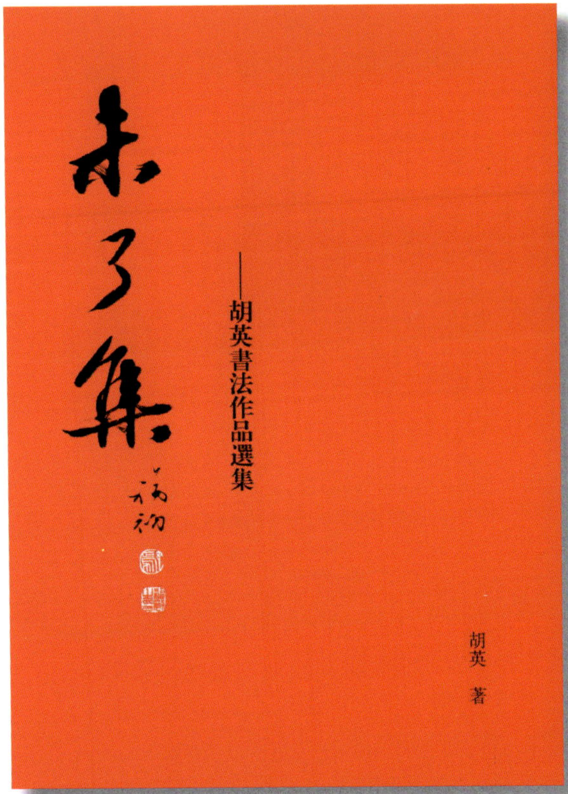

作者简介

胡英，号九嶷山人、钓雪翁、阿佛、法宝和尚等。1936年生，湖南永州人。历任湖南省文联副秘书长兼组联处处长、《楚风》杂志主编等职，有小说、散文、诗词和书法等8部作品行世。其代表作《山里人》获著名作家周立波好评，专门撰文在《文艺报》向全国推荐（1963年第5期）。《宝贝》进入1978年全国首届优秀短篇小说评奖预选，《文艺报》两期综合评述，它均名列其中，全国三家出版社将其绘成连环画发行，一时享誉全国。《古城志怪》荣获全国优秀新故事二等奖，小说《汨罗河畔》被《中国文学》译成英文发行域外。书法入选《国宝档案》《画卷中国》等大典。多次参与省内外专题性书法展并获奖。2017年，应邀参与了“一带一路”国际书画交流展，其作品先后到加拿大、日本、俄罗斯、意大利、法国等10国进行文化交流展出。名列《中国作家大辞典》《中国当代书画家大辞典》。

《心中的颂歌》

谭仲池（作词）　杨天解（作曲）

《心中的颂歌》由谭仲池作词、杨天解作曲，从序曲《是你告诉我》、第一章《朝阳红船》、第二章《万水千山》、第三章《梦想远方》，回顾了中国共产党成立百年来的艰难与辉煌，展现了百年来人民生活发生的巨大变化。

第一乐章《北国惊雷》《你从韶山走过》《破晓时刻》《红船颂》，第二乐章《清水塘的灯光》《红旗漫卷过雄关》《遵义城头朝霞红》《望延安》《西柏坡的记忆》，第三乐章《天安门上太阳升》《我深爱着你》《芙蓉朝晖》到尾声《初心与梦想》，以混声四部合唱贯穿始终。含有独唱、领唱与合唱等多种表达形式，带观众重返历史情境，整场演出气势恢宏，现场掌声经久不息。

作者简介

谭仲池，笔名谭笑、辛宁、淡泊、叶子，湖南浏阳市人。1949年12月生，大学文化，汉族。当过农民，参过军，当过教师，后从事行政工作。曾任浏阳县县长、潇湘电影制片厂厂长、娄底行署常务副专员、湖南省政府副秘书长、长沙市市长、湖南省政协副主席、湖南省文联主席。中国作家协会会员、一级作家、硕士生导师。

谭仲池1969年开始发表作品，迄今已出版诗集、散文集、小说、文论等20余部，计300多万字。主要作品：诗集《芭蕉雨》《月之梦》《岁月与梦幻》《我想有翅膀》《水和天堂》《花伞飘过深巷》；散文集《风雨人生路》《情系浏阳河》《心灵的天堂》《仅见桃花开》《临风感怀》；长篇小说《打捞光明》《都市情缘》《曾经沧海》《凤凰之恋》《古商城梦影》。创作歌词100余首，影响较大的有《阳光乐章》《新的起点》《大地之子》《祝福祖国》《你是一棵树》《幸福天涯》《和谐盛世》《美好的期待》《高唱一曲荣耻歌》。另有行政、管理类专著4部。

杨天解，男，1952年生，毕业于上海音乐学院作曲专业。一级作曲，享受国务院政府特殊津贴，第一届全国中青年德艺双馨文艺工作者。现任中国音协创作委员会委员、中国广播电视音乐工作委员会常务理事、湖南省音协名誉副主席、湖南省音乐创作学会会长。截至2020年，共计创作上演或发表的音乐作品两千多部（首），获得包括全国“五个一工程”奖，文华音乐奖、文华优秀作品奖、文华优秀剧目奖，全国群星奖作曲金奖，全国少数民族文艺会演大奖、作品金奖、最佳作曲奖，中国戏剧节曹禺优秀剧目作曲一等奖，中国音乐金钟奖合唱比赛金奖，中国舞蹈荷花奖作曲金奖，中华音像奖，中国电影金鸡奖，中国电影华表奖提名，中国杂技金狮奖，波兰国际合唱比赛特别奖，世界合唱比赛银奖，奥中艺术节杰出作品奖，上海国际电影节大奖，东欧国际电影节最佳影片提名，国际广播电台管弦乐作品和民族管弦乐作品征集评奖双一等奖，二十一世纪华人音乐奖作曲一等奖，田汉音乐奖及湖南省委、省政府颁发的湖南省第一届文学艺术奖、湖南省精神文明建设突出贡献奖、湖南省“五个一工程”奖、湖南艺术节作曲金奖等奖项。

后 记

光阴似箭，日月如梭。

12 年，4000 多天，在历史的长河中转瞬即逝，然而对湖南省文艺创作扶助基金会来说，却留下了浓墨重彩的一笔。12 年中，基金会开展了十届扶助，扶助金额达 841 万元。我们义务为需要帮助的文艺家服务，满腔热情地抓好扶助项目的落实。

12 年，我们的容颜慢慢变老，但我们的心态却依然年轻。助人为乐，行善积德，爱心永年，身心愉悦。

今年，基金会已顺利换届。回眸十年，我们所做的，虽劳心费力，但感欣慰自豪。为了让后来人有所启迪，我们精心编写了这本《爱心永年：湖南省文艺创作扶助基金会十年巡礼》，将扶助对象及扶助项目一一进行介绍。展现在读者面前的是图文并茂、精彩纷呈的画面，既有老文艺家雄姿英发、老骥伏枥的身姿，又有年轻文艺新人光彩夺目、勇毅前行的背影。

由于时间仓促，我们收集、整理、编辑的个人信息不够全面，概括的项目内容不够中肯，可能还有谬误。欢迎大家阅后批评指正，并请予以谅解。

本书的出版得到湖南美术出版社领导的高度重视，责任编辑邹方斌一丝不苟的敬业精神令我敬佩，陈国媛女士为该书资料的搜集、整理付出了辛勤的劳动，在此一并表示感谢！完成这本书稿，我可以自豪地享受天伦之乐了。

管群华

2022 年 10 月